昭明文選卷四十一

【書上】

荅蘇武書一首

李少卿

子卿足下：勤宣令德，策名清時，榮問休暢，幸甚幸甚！遠託異國，昔人所悲，望風懷想，能不依依！昔者不遺，遠辱還荅，慰誨懃懃，有踰骨肉。陵雖不敏，能不慨然！

自從初降，以至今日，身之窮困，獨坐愁苦，終日無覩，但見異類。韋韝毳幙，以禦風雨。羶肉酪漿，以充飢渴。舉目言笑，誰與爲歡？胡地玄冰，邊土慘裂，但聞悲風蕭條之聲。涼秋九月，塞外草衰。夜不能寐，側耳遠聽，胡笳互動，牧馬悲鳴，吟嘯成群，邊聲四起。晨坐聽之，不覺淚下。嗟乎子卿！陵獨何心，能不悲哉！與子別後，益復無聊。上念老母，臨年被戮；妻子無辜，並爲鯨鯢。身負國恩，爲世所悲。子歸受榮，我留受辱，命也如何！身出禮義之鄉，而入無知之俗，違弃君親之恩，長爲蠻夷之域，傷已！令先君之嗣，更成戎狄之族，又自悲矣！功大罪小，不

蒙明察，孤負陵心，區區之意，每一念至，忽然忘生。陵不難刺心以自明，刎頸以見志，顧國家於我已矣。殺身無益，適足增羞，故每攘臂忍辱，輒復苟活。左右之人，見陵如此，以爲不入耳之歡，來相勸勉。異方之樂，秖令人悲，增忉怛耳。嗟乎子卿！人之相知，貴相知心。前書倉卒未盡所懷，故復略而言之：

昔先帝授陵步卒五千，出征絕域，五將失道，陵獨遇戰。而裹萬里之糧，帥徒步之師，出天漢之外，入強胡之域。以五千之衆，對十萬之軍，策疲乏之兵，當新羈之馬。然猶斬將搴旗，追奔逐北，滅跡掃塵，斬其梟帥。使三軍之士，視死如歸。陵也不才，希當大任，意謂此時，功難堪矣。匈奴既敗，舉國興師，更練精兵，強逾十萬。單于臨陣，親自合圍。客主之形，既不相如步馬之勢，又甚懸絕。疲兵再戰，一以當千，然猶扶乘創痛，決命争首，死傷積野，餘不滿百，而皆扶病，不任干戈。然陵振臂一呼，創病皆起，舉刃指虜，胡馬奔走；兵盡矢窮，人無尺鐵，猶復徒首奮呼争爲先登。當此時也，天地爲陵震怒，戰士爲陵飲血。單于謂陵不可復得，便欲

引還。而賊臣教之，遂便復戰。故陵不免耳。

昔高皇帝以三十萬衆，困於平城，當此之時，猛將如雲，謀臣如雨，然猶七日不食，僅乃得免。況當陵者，豈易爲力哉？而執事者云云，苟怨陵以不死。然陵不死，罪也；子卿視陵，豈偷生之士，而惜死之人哉？寧有背君親，捐妻子，而反爲利者乎？然陵不死，有所爲也，故欲如前書之言，報恩於國主耳。誠以虛死不如立節，滅名不如報德也。昔范蠡不殉會稽之恥，曹沫不死三敗之辱，卒復勾踐之讎，報魯國之羞。區區之心，切慕此耳。何圖志未立而怨已成，計未從而骨肉受刑，此陵所以仰天椎心而泣血也！

足下又云：漢與功臣不薄，子爲漢臣，安得不云爾乎？昔蕭樊囚縶，韓彭葅醢，鼂錯受戮，周魏見辜，其餘佐命立功之士，賈誼亞夫之徒，皆信命世之才，抱將相之具，而受小人之讒，並受禍敗之辱，卒使懷才受謗，能不得展。彼二子之遐舉，誰不爲之痛心哉！陵先將軍，功略蓋天地，義勇冠三軍，徒失貴臣之意，剄身絕域之表。此功臣義士所以負戟而長歎者也！何謂不薄哉？

且足下昔以單車之使，適萬乘之虜，遭時不遇，至於伏劍不顧，流離辛苦，幾死朔北之野。丁年奉使，皓首而歸。老母終堂，生妻去帷。此天下所希聞，古今所未有也。蠻貊之人，尚猶嘉子之節，況爲天下之主乎？陵謂足下，當享茅土之薦，受千乘之賞。聞子之歸，賜不過二百萬，位不過典屬國，無尺土之封，加子之勤。而妨功害能之臣，盡爲萬戶侯，親戚貪佞之類，悉爲廊廟宰。子尚如此，陵復何望哉？且漢厚誅陵以不死，薄賞子以守節，欲使遠聽之臣，望風馳命，此實難矣。所以每顧而不悔者也。陵雖孤恩，漢亦負德。昔人有言：『雖忠不烈，視死如歸。』陵誠能安，而主豈復能眷眷乎？男兒生以不成名，死則葬蠻夷中，誰復能屈身稽顙，還向北闕，使刀筆之吏，弄其文墨邪？願足下勿復望陵！

嗟乎子卿！夫復何言！相去萬里，人絕路殊。生爲別世之人，死爲異域之鬼，長與足下生死辭矣！幸謝故人，勉事聖君。足下胤子無恙，勿以爲念，努力自愛。時因北風，復惠德音。李陵頓首。

報任少卿書一首

司馬子長

太史公牛馬走司馬遷再拜言，少卿足下：曩者辱賜書，教以順於接物，推賢進士爲務。意氣懃懃懇懇，若望僕不相師，而用流俗人之言。僕非敢如此也。僕雖罷駑，亦嘗側聞長者之遺風矣。顧自以爲身殘處穢，動而見尤，欲益反損，是以獨鬱悒而與誰語。諺曰：『誰爲爲之？孰令聽之？』蓋鍾子期死，伯牙終身不復鼓琴。何則？士爲知己者用，女爲說己者容。若僕大質已虧缺矣，雖才懷隨和，行若由夷，終不可以爲榮，適足以見笑而自點耳。書辭宜荅，會東從上來，又迫賤事，相見日淺，卒卒無須臾之間，得竭至意。今少卿抱不測之罪，涉旬月，迫季冬；僕又薄從上雍，恐卒然不可爲諱。是僕終已不得舒憤懣以曉左右，則長逝者魂魄私恨無窮。請略陳固陋，闕然久不報，幸勿爲過。

僕聞之：修身者，智之符也；愛施者，仁之端也；取與者，義之表也；恥辱者，勇之決也；立名者，行之極也。士有此五者，然後可以託於世，而列於君子之林矣。故禍莫憯於欲利，悲莫痛於傷心，行莫醜於辱先，詬莫大於宮刑。刑餘之人，無所比數，非一世也，所從來遠矣。昔衛靈公與雍渠同載，孔子適陳；商鞅因景監

見，趙良寒心；同子參乘，袁絲變色。自古而恥之。夫以中才之人，事有關於宦豎，莫不傷氣，而況於慷慨之士乎！如今朝廷雖乏人，奈何令刀鋸之餘，薦天下豪俊哉？

僕賴先人緒業，得待罪輦轂下，二十餘年矣。所以自惟，上之不能納忠效信，有奇策才力之譽，自結明主；次之又不能拾遺補闕，招賢進能，顯巖穴之士；外之又不能備行伍，攻城野戰，有斬將搴旗之功；下之不能積日累勞，取尊官厚祿，以爲宗族交遊光寵。四者無一遂，苟合取容，無所短長之効，可見如此矣。鄉者，僕常厠下大夫之列，陪外廷末議。不以此時引維綱，盡思慮。今以虧形爲掃除之隸，在闒茸之中，乃欲仰首伸眉，論列是非，不亦輕朝廷羞當世之士邪？嗟乎！嗟呼！如僕尚何言哉！尚何言哉！

且事本末未易明也。僕少負不羈之行，長無鄉曲之譽，主上幸以先人之故，使得奏薄伎，出入周衛之中。僕以爲戴盆何以望天？故絕賓客之知，亡室家之業，日

夜思竭其不肖之才力，務一心營職，以求親媚於主上。而事乃有大謬不然者夫。僕與李陵，俱居門下，素非能相善也。趣舍異路，未嘗銜杯酒，接殷懃之餘懽。然僕觀其爲人，自守奇士，事親孝，與士信，臨財廉，取與義。分別有讓，恭儉下人，常思奮不顧身，以徇國家之急。其素所蓄積也，僕以爲有國士之風。夫人臣出萬死不顧一生之計，赴公家之難，斯以奇矣。今舉事一不當，而全軀保妻子之臣，隨而媒孽其短，僕誠私心痛之。且李陵提步卒不滿五千，深踐戎馬之地，足歷王庭，垂餌虎口，橫挑彊胡，仰億萬之師，與單于連戰十有餘日，所殺過半當。虜救死扶傷不給，旃裘之君長咸震怖，乃悉徵其左右賢王，舉引弓之人，一國共攻而圍之。轉鬬千里，矢盡道窮，救兵不至，士卒死傷如積，然陵一呼勞，軍士無不起，躬自流涕，沬血飲泣，更張空拳，冒白刃，北嚮争死敵者。陵未沒時，使有來報，漢公卿王侯，皆奉觴上壽。後數日，陵敗書聞，主上爲之食不甘味，聽朝不怡。大臣憂懼，不知所出。僕竊不自料其卑賤，見主上慘愴怛悼，誠欲効其款款之愚，以爲李陵素與士大夫絶甘分少，能得人死力，雖古之名將，不能過也。身雖陷敗，彼觀其意，且欲得其當而報於漢。事已無可柰何，其所摧敗，功亦足以暴於天下矣。僕懷欲陳之，而未有路，適會召問，即以此指推言陵之功，欲以廣主上之意，塞睚眥之辭。未能盡明，明主不曉，以爲僕沮貳師，而爲李陵遊說，遂下於理。拳拳之忠，終不能自列。因爲誣上，卒從吏議。家貧，貨賂不足以自贖，交遊莫救，左右親近，不爲一言。身非木石，獨與法吏爲伍，深幽囹圄之中，誰可告愬者？此真少卿所親見，僕行事豈不然乎？李陵既生降，隤其家聲；而僕又佴之蠶室，重爲天下觀笑。悲夫！悲夫！事未易一二爲俗人言也。

僕之先，非有剖符丹書之功，文史星曆，近乎卜祝之間，固主上所戲弄，倡優所畜，流俗之所輕也。假令僕伏法受誅，若九牛亡一毛，與螻蟻何以異？而世又不與能死節者，特以爲智窮罪極，不能自免，卒就死耳。何也？素所自樹立使然也。人固有一死，或重於太山，或輕於鴻毛，用之所趨異也。太上不辱先，其次不辱身，其次不辱理色，其次不辱辭令，其次詘體受辱，其次易服受辱，其次關木索被、箠楚受辱，其次剔毛髮嬰金鐵受辱，其次毁肌膚，断肢体受辱，最下腐刑，極矣。《傳》

曰：『刑不上大夫。』此言士節不可不勉勵也。猛虎在深山，百獸震恐，及在檻穽之中，搖尾而求食，積威約之漸也。故有畫地爲牢，勢不可入，削木爲吏，議不可對，定計於鮮也。今交手足，受木索，暴肌膚，受榜箠，幽於圜牆之中。當此之時，見獄吏則頭槍地，視徒隸則正惕息，何者？積威約之勢也。及以至是言不辱者，所謂強顏耳，曷足貴乎！且西伯，伯也，拘於羑里；李斯，相也，具於五刑；淮陰，王也，受械於陳；彭越張敖，南面稱孤，繫獄抵罪；絳侯誅諸呂，權傾五伯，囚於請室；魏其，大將也，衣赭衣，關三木；季布爲朱家鉗奴；灌夫受辱於居室。此人皆身至王侯將相，聲聞鄰國，及罪至罔加，不能引決自裁，在塵埃之中，古今一體，安在其不辱也？由此言之，勇怯，勢也；強弱，形也。審矣！何足怪乎？夫人不能早自裁繩墨之外，以稍陵遲至於鞭箠之間，乃欲引節，斯不亦遠乎？古人所以重施刑於大夫者，殆爲此也。

夫人情莫不貪生惡死，念父母，顧妻子，至激於義理者不然，乃有所不得已也。今僕不幸，早失父母，無兄弟之親，獨身孤立，少卿視僕於妻子何如哉？且勇者不必死節，怯夫慕義，何處不勉焉！僕雖怯懦欲苟活，亦頗識去就之分矣。何至自沈溺縲紲之辱哉？且夫臧獲婢妾，由能引決，況僕之不得已乎？所以隱忍苟活，幽於糞土之中而不辭者，恨私心有所不盡，鄙陋沒世，而文彩不表於後世也。

古者富貴而名摩滅，不可勝記，唯倜儻非常之人稱焉。蓋文王拘而演《周易》；仲尼厄而作《春秋》；屈原放逐，乃賦《離騷》；左丘失明，厥有《國語》；孫子臏脚，兵法脩列；不韋遷蜀，世傳《呂覽》；韓非囚秦，說難《孤憤》；《詩》三百篇，大氐聖賢發憤之所爲作也。此人皆意有鬱結，不得通其道，故述往事，思來者。乃如左丘無目，孫子斷足，終不可用，退而論書策，以舒其憤，思垂空文以自見。

僕竊不遜，近自託於無能之辭，網羅天下放失舊聞，略考其行事，綜其終始，稽其成敗興壞之紀，上計軒轅，下至于茲，爲十表，本紀十二，書八章，世家三十，列傳七十，凡百三十篇，亦欲以究天人之際，通古今之變，成一家之言。草創未就，會遭此禍，惜其不成，已就極刑而無慍色。僕誠以著此書藏諸名山，傳之其人，通邑大都，則僕償前辱之責，雖萬被戮，豈有悔哉？然此可爲智者道，難爲俗人言

也。

且負下未易居，下流多謗議，僕以口語遇此禍，重爲鄉黨所笑，以汙辱先人，亦何面目復上父母丘墓乎？雖累百世，垢彌甚耳！是以腸一日而九迴，居則忽忽若有所亡，出則不知其所往。每念斯恥，汗未嘗不發背沾衣也。身直爲閨閤之臣，寧得自引於深藏巖穴邪？故且從俗浮沈，與時俯仰，以通其狂惑。今少卿乃教以推賢進士，無乃與僕私心刺謬乎！今雖欲自雕琢，曼辭以自飾，無益於俗不信，適足取辱耳。要之死日，然後是非乃定。書不能悉意，略陳固陋，謹再拜。

報孫會宗書一首

楊子幼

惲材朽行穢，文質無所厎，幸賴先人餘業，得備宿衛。遭遇時變，以獲爵位，終非其任，卒與禍會。足下哀其愚矇，賜書教督以所不及，殷懃甚厚。然竊恨足下不深惟其終始，而猥隨俗之毀譽也。言鄙陋之愚心，則若逆指而文過，默而自守，恐違孔氏各言爾志之義。故敢略陳其愚，惟君子察焉！

惲家方隆盛時，乘朱輪者十人，位在列卿，爵爲通侯，摠領從官，與聞政事。曾不能以此時有所建明，以宣德化。又不能與群僚并力，陪輔朝廷之遺忘，已負竊位素餐之責久矣。懷祿貪勢，不能自退，遂遭變故，橫被口語，身幽北闕，妻子滿獄。當此之時，自以夷滅不足以塞責，豈得全其首領，復奉先人之丘墓乎？伏惟聖主之恩，不可勝量。君子遊道，樂以忘憂；小人全軀，說以忘罪。竊自念過已大矣，行已虧矣，長爲農夫以沒世矣。是故身率妻子，戮力耕桑，灌園治產，以給公上。不意當復用此爲譏議也。

夫人情所不能止者，聖人弗禁。故君父至尊親，送其終也，有時而既。臣之得罪，已三年矣。田家作苦，歲時伏臘，烹羊炰羔，斗酒自勞。家本秦也，能爲秦聲。婦趙女也，雅善鼓琴，奴婢歌者數人，酒後耳熱，仰天撫缶而呼嗚嗚。其《詩》曰：『田彼南山，蕪穢不治；種一頃豆，落而爲萁』。人生行樂耳，須富貴何時？是日也，拂衣而喜，奮袖低昂，頓足起舞，誠淫荒無度，不知其不可也。惲幸有餘祿，方糴賤販貴，逐什一之利。此賈豎之事，汙辱之處，惲親行之。下流之人，衆毀所歸，不寒而慄。雖雅知惲者，猶隨風而靡，尚何稱譽之有？董生不云乎：『明明求仁義，常恐

不能化民者，卿大夫之意也；明明求財利，常恐困乏者，庶人之事也。』故道不同不相爲謀。今子尚安得以卿大夫之制而責僕哉？

夫西河魏土，文侯所興，有段干木、田子方之遺風，稟然皆有節槩，知去就之分，頃者足下離舊土，臨安定。安定山谷之間，昆夷舊壤，子弟貪鄙，豈習俗之移人哉！於今乃覩子之志矣。方當盛漢之隆，願勉旃，無多談。

論盛孝章書一首

孔文舉

歲月不居，時節如流。五十之年，忽焉已至，公爲始滿，融又過二。海内知識，零落殆盡，惟有會稽盛孝章尚存。其人困於孫氏，妻孥湮沒，單孑獨立，孤危愁苦。若使憂能傷人，此子不得永年矣！《春秋傳》曰：『諸侯有相滅亡者，桓公不能救，則桓公恥之。』今孝章實丈夫之雄也，天下談士，依以揚聲，而身不免於幽縶，命不期於旦夕。吾祖不當復論損益之友，而朱穆所以絶交也。公誠能馳一介之使，加咫尺之書，則孝章可致，友道可弘矣。

今之少年，喜謗前輩，或能譏評孝章。孝章要爲有天下大名，九牧之人，所共稱嘆。燕君市駿馬之骨，非欲以騁道里，乃當以招絶足也。惟公匡復漢室，宗社將絶，又能正之。正之術，實須得賢。珠玉無脛而自至者，以人好之也，況賢者之有足乎？昭王築臺以尊郭隗，隗雖小才而逢大遇，竟能發明主之至心，故樂毅自魏往，劇辛自趙往，鄒衍自齊往。向使郭隗倒懸而王不解，臨難而王不拯，則士亦將高翔遠引，莫有北首燕路者矣。凡所稱引，自公所知，而復有云者，欲公崇篤斯義。因表不悉。

爲幽州牧與彭寵書一首

朱叔元

蓋聞智者順時而謀，愚者逆理而動，常竊悲京城太叔以不知足而無賢輔，卒自棄於鄭也。伯通以名字典郡，有佐命之功，臨民親職，愛惜倉庫，而浮秉征伐之任，欲權時救急，二者皆爲國耳。即疑浮相譖，何不詣闕自陳，而爲滅族之計乎？

朝廷之於伯通，恩亦厚矣，委以大郡，任以威武，事有柱石之寄，情同子孫之親。匹夫媵母尚能致命一餐，豈有身帶三綬，職典大邦，而不顧恩義，生心外叛者乎！伯通與吏民語，何以爲顏？行步拜起，何以爲容？坐卧念之，何以爲心？引

鏡窺景，何以施眉目？舉厝建功，何以爲人？惜乎！棄休令之嘉名，造梟鴟之逆謀，捐傳葉之慶祚，招破敗之重災，高論堯舜之道，不忍桀紂之性，生爲世笑，死爲愚鬼，不亦哀乎！

伯通與耿俠遊，俱起佐命，同被國恩。俠遊謙讓，屢有降挹之言，而伯通自伐，以爲功高天下。往時遼東有豕，生子白頭，異而獻之。行至河東，見群豕皆白，懷慚而還。若以子之功高論於朝廷，則爲遼東豕也。今乃愚妄，自比六國。六國之時，其勢各盛，廓土數千里，勝兵將百萬，故能據國相持，多歷年所。今天下幾里，列郡幾城，奈何以區區漁陽而結怨天子？此猶河濵之民，捧土以塞孟津，多見其不知量也！

方今天下適定，海內願安，士無賢不肖，皆樂立名於世。而伯通獨中風狂走，自捐盛時，內聽嬌婦之失計，外信讒邪之諛言，長爲群后惡法，永爲功臣鑒戒，豈不誤哉！定海內者無私讎，勿以前事自疑，願留意顧老母少弟。凡舉事無爲親厚者所痛，而爲見讎者所快。

爲曹洪與魏文帝書一首

陳孔璋

十一月五日，洪白：前初破賊，情奓意奢，說事頗過其實。得九月二十日書，讀之喜笑，把玩無厭，亦欲令陳琳作報。琳頃多事，不能得爲。念欲遠以爲懽，故自竭老夫之思。辭多不可一一，粗舉大綱，以當談笑。

漢中地形，實有險固，四嶽三塗，皆不及也。彼有精甲數萬，臨高守要，一人揮戟，萬夫不得進。而我軍過之，若駭鯨之決細網，奔兕之觸魯縞，未足以喻其易。雖云王者之師，有征無戰，不義而強，古人常有。故唐虞之世，蠻夷猾夏；周宣之盛，亦讎大邦。詩書歎載，言其難也。斯皆憑阻恃遠，故使其然。是以察兹地勢，謂爲中才處之，殆難倉卒。來命陳彼妖惑之罪，叙王師曠蕩之德，豈不信然！是夏殷所以喪，苗扈所以斃；我之所以克，彼之所以敗也。不然，商周何以不敵哉！昔鬼方聾昧，崇虎讒凶，殷辛暴虐，三者皆下科也。然高宗有三年之征，文王有退脩之軍，盟津有再駕之役，然後殪戎勝殷，有此武功。焉有星流景集，飈奪霆擊，長驅山河，朝至暮捷，若今者也！

由此觀之，彼固不逮下愚，則中才之守，不然明矣。在中才則謂不然，而來示乃以爲彼之惡稔，雖有孫田墨氂猶無所救，竊又疑焉。何者？古之用兵，敵國雖亂，尚有賢人，則不伐也。是故三仁未去，武王還師；宮奇在虞，晉不加戎；季梁猶在，強楚挫謀。暨至衆賢奔絀，三國爲墟。明其無道有人，猶可救也。且夫墨子之守，縈帶爲垣，高不可登；折箸爲械，堅不可入。若乃距陽平，據石門，攄八陣之列，騁奔牛之權，焉肯土崩魚爛哉！設令守無巧拙，皆可攀附，則公輸已陵宋城，樂毅已拔即墨矣。墨翟之術何稱？田單之智何貴？老夫不敏，未之前聞。

蓋聞過高唐者，効王豹之謳；遊睢渙者，學藻繢之綵。間自入益部，仰司馬楊王遺風，有子勝斐然之志，故頗奮文辭，異於他日。怪乃輕其家丘，謂爲倩人，是何言歟？夫緑驥垂耳於林坰。鴻雀戢翼於汙池，褻之者固以爲園囿之凡鳥，外廄之下乘也。及整蘭筋，揮勁翮，陵厲清浮，顧盼千里，豈可謂其借翰於晨風，假足於六駮哉！恐猶未信丘言，必大噱也。洪白。

昭明文選卷四十二

【書中】

爲曹公作書與孫權一首

阮元瑜

離絕以來，于今三年，無一日而忘前好。亦猶姻媾之義，恩情已深，違異之恨，中間尚淺也。孤懷此心，君豈同哉！每覽古今所由改趣，因緣侵辱，或起瑕釁，心忿意危，用成大變。若韓信傷心於失楚，彭寵積望於無異，盧綰嫌畏於已隙，英布憂迫於情漏，此事之緣也。孤與將軍，恩如骨肉，割授江南，不屬本州，豈若淮陰捐舊之恨。抑遏劉馥，相厚益隆，寧放朱浮顯露之奏。無匿張勝貸故之變，匪有陰構賁赫之告，固非燕王淮南之釁也。而忍絕王命，明棄碩交，實爲佞人所構會也。夫似是之言，莫不動聽，因形設象，易爲變觀。示之以禍難，激之以恥辱，大丈夫雄心，能無憤發。昔蘇秦說韓，羞以牛後，韓王按劍，作色而怒，雖兵折地割，猶不爲悔，人之情也。仁君年壯氣盛，緒信所嬖，既懼患至，兼懷忿恨，不能復遠度孤心，近慮事勢，遂齎見薄之決計，秉翻然之成議。加劉備相扇揚，事結釁連，推而行之。想暢本心，不願於此也。

孤之薄德，位高任重，幸蒙國朝將泰之運，蕩平天下，懷集異類，喜得全功，長享其福。而姻親坐離，厚援生隙，常恐海內多以相責，以爲老夫苞藏禍心，陰有鄭武取胡之詐，乃使仁君翻然自絕。以是忿忿，懷慙反側，常思除棄小事，更申前好，二族俱榮，流祚後嗣，以明雅素中誠之效。抱懷數年，未得散意。昔赤壁之役，遭離疫氣，燒舡自還，以避惡地，非周瑜水軍所能抑挫也。江陵之守，物盡穀殫，無所復據，徙民還師，又非瑜之所能敗也。荆土本非己分，我盡與君，冀取其餘，非相侵肌膚，有所割損也。思計此變，無傷於孤，何必自遂於此，不復還之。高帝設爵以延田橫，光武指河而誓朱鮪，君之負累，豈如二子？是以至情，願聞德音。

往年在譙，新造舟舡，取足自載，以至九江，貴欲觀湖漅之形，定江濵之民耳，非有深入攻戰之計。將恐議者大爲己榮，自謂策得，長無西患，重以此故，未肯迴情。然智者之慮，慮於未形；達者所規，規於未兆。是故子胥知姑蘇之有麋鹿，輔

果識智伯之爲趙禽。穆生謝病，以免楚難；鄒陽北遊，不同吳禍。此四士者，豈聖人哉？徒通變思深，以微知著耳。以君之明，觀孤術數，量君所據，相計土地，豈勢少力乏，不能遠舉，割江之表，宴安而已哉？甚未然也！若恃水戰，臨江塞要，欲令王師終不得渡，亦未必也。夫水戰千里，情巧萬端。越爲三軍，吳曾不御；漢潛夏陽，魏豹不意。江河雖廣，其長難衛也。

凡事有宜，不得盡言，將修舊好而張形勢，更無以威脅重敵人。然有所恐，恐書無益。何則？往者軍逼而自引還，今日在遠而興慰納，辭遜意狹，謂其力盡，適以增驕，不足相動，但明効古，當自圖之耳。昔淮南信左吳之策，漢隗囂納王元之言，彭寵受親吏之計，三夫不寤，終爲世笑。梁王不受詭勝，竇融斥逐張玄，二賢既覺，福亦隨之。願君少留意焉。若能内取子布，外擊劉備，以効赤心，用復前好，則江表之任，長以相付，高位重爵，坦然可觀。上令聖朝無東顧之勞，下令百姓保安全之福，君享其榮，孤受其利，豈不快哉！若忽至誠以處僥倖，婉彼二人，不忍加罪，所謂小人之仁，大仁之賊，大雅之人，不肯爲此也。若憐子布，願言俱存，亦能傾心去恨，順君之情，更與從事，取其後善。但禽劉備，亦足爲効。開設二者，審處一焉。

聞荆楊諸將，並得降者，皆言交州爲君所執，豫章距命，不承執事，疫旱並行，人兵減損，各求進軍，其言云云。孤聞此言，未以爲悦。然道路既遠，降者難信，幸人之災，君子不爲。且又百姓國家之有，加懷區區，樂欲崇和，庶幾明德，來見昭副，不勞而定，於孤益貴。是故按兵守次，遣書致意。古者兵交，使在其中，願仁君及孤虛心回意，以應詩人補袞之歎，而慎周易牽復之義。濯鱗清流，飛翼天衢，良時在茲，勗之而已。

與朝歌令吳質書一首

魏文帝

五月十八日，丕白：季重無恙。塗路雖局，官守有限，願言之懷，良不可任。足下所治僻左，書問致簡，益用增勞。每念昔日南皮之遊，誠不可忘。既妙思六經，逍遙百氏；彈碁閒設，終以六博，高談娛心，哀箏順耳。馳騁北場，旅食南館，浮甘瓜於清泉，沈朱李於寒水。白日既匿，繼以朗月，同乘竝載，以遊後園，輿輪徐動，參

從無聲，清風夜起，悲笳微吟，樂往哀來，愴然傷懷。余顧而言，斯樂難常，足下之徒，咸以爲然。今果分別，各在一方。元瑜長逝，化爲異物，每一念至，何時可言！

方今蕤賓紀時，景風扇物，天氣和暖，衆果具繁。時駕而遊，北遵河曲，從者鳴笳以啓路，文學託乘於後車。節同時異，物是人非，我勞如何！今遣騎到鄴，故使枉道相過。行矣自愛。丕白。

與吳質書一首

魏文帝

二月三日，丕白：歲月易得，別來行復四年。三年不見，東山猶歎其遠，況乃過之，思何可支！雖書疏往返，未足解其勞結。

昔年疾疫，親故多離其災，徐陳應劉，一時俱逝，痛可言邪！昔日遊處，行則連輿，止則接席，何曾須臾相失。每至觴酌流行，絲竹並奏，酒酣耳熱，仰而賦詩，當此之時，忽然不自知樂也。謂百年己分，可長共相保。何圖數年之間，零落略盡，言之傷心！頃撰其遺文，都爲一集。觀其姓名，已爲鬼録。追思昔遊，猶在心目，而此諸子，化爲糞壤，可復道哉！

觀古今文人，類不護細行，鮮能以名節自立。而偉長獨懷文抱質，恬惔寡欲，有箕山之志，可謂彬彬君子者矣。著《中論》二十餘篇，成一家之言，辭義典雅，足傳于後，此子爲不朽矣。德璉常斐然有述作之意，其才學足以著書，美志不遂，良可痛惜。間者歷覽諸子之文，對之抆淚，既痛逝者，行自念也。孔璋章表殊健，微爲繁富。公幹有逸氣，但未遒耳；其五言詩之善者，妙絶時人。元瑜書記翩翩，致足樂也。仲宣續自善於辭賦，惜其體弱，不足起其文，至於所善，古人無以遠過。昔伯牙絶絃於鍾期，仲尼覆醢於子路，痛知音之難遇，傷門人之莫逮。諸子但爲未及古人，自一時之儁也。今之存者，已不逮矣。後生可畏，來者難誣，然恐吾與足下不及見也。

年行已長大，所懷萬端。時有所慮，至通夜不瞑，志意何時，復類昔日？已成老翁，但未白頭耳。光武言年三十餘，在兵中十歲，所更非一，吾德不及之，年與之齊矣。以犬羊之質，服虎豹之文，無衆星之明，假日月之光，動見瞻觀，何時易乎？恐永不復得爲昔日遊也。少壯真當努力，年一過往，何可攀援！古人思炳燭夜遊，

良有以也。頃何以自娛？頗復有所述造不？東望於邑，裁書叙心。丕白。

與鍾大理書一首

魏文帝

丕白：良玉比德君子，珪璋見美詩人。晉之垂棘，魯之璵璠，宋之結緑，楚之和璞，價越萬金，貴重都城，有稱疇昔，流聲將來。是以垂棘出晉，虞虢雙禽；和璧入秦，相如抗節。竊見玉書稱美玉，白如截肪，黑譬純漆，赤擬雞冠，黄侔蒸栗，側聞斯語，未覩厥狀。雖德非君子，義無詩人，高山景行，私所仰慕。然四寶邈焉已遠，秦漢未聞有良比也。求之曠年，不遇厥真，私願不果，飢渴未副。

近日南陽宗惠叔稱君侯昔有美玦，聞之驚喜，笑與抃會。當自白書，恐傳言未審，是以令舍弟子建因荀仲茂時從容喻鄙旨。乃不忽遺，厚見周稱，鄴騎既到，寶玦初至，捧匣跪發，五内震駭，繩窮匣開，爛然滿目。猥以蒙鄙之姿，得覩希世之寳，不煩一介之使，不損連城之價，既有秦昭章臺之觀，而無藺生詭奪之誑，嘉貺益腆，敢不欽承。謹奉賦一篇，以讃揚麗質。丕白。

與楊德祖書一首

曹子建

植白：數日不見，思子爲勞，想同之也。僕少小好爲文章，迄至于今，二十有五年矣。然今世作者，可略而言也。昔仲宣獨步於漢南，孔璋鷹揚於河朔，偉長擅名於青土，公幹振藻於海隅，德璉發跡於此魏，足下高視於上京，當此之時，人人自謂握靈蛇之珠，家家自謂抱荆山之玉。吾王於是設天網以該之，頓八紘以掩之，今悉集兹國矣。然此數子，猶復不能飛軒絶跡，一舉千里。以孔璋之才，不閑於辭賦，而多自謂能與司馬長卿同風，譬畫虎不成，反爲狗也。前書嘲之，反作論盛道僕贊其文。夫鍾期不失聽，于今稱之。吾亦不能忘歎者，畏後世之嗤余也。

世人之著述，不能無病。僕常好人譏彈其文，有不善者，應時改定。昔丁敬禮常作小文，使僕潤飾之，僕自以才不過若人，辭不爲也。敬禮謂僕：卿何所疑難，文之佳惡，吾自得之，後世誰相知定吾文者邪？吾常歎此達言，以爲美談。昔尼父之文辭，與人通流，至於制春秋，游夏之徒乃不能措一辭。過此而言不病者，吾未之見也。蓋有南威之容，乃可以論其淑媛；有龍泉之利，乃可以議其斷割。劉季緒

才不能逮於作者，而好詆訶文章，掎摭利病。昔田巴毀五帝，罪三王，呰五霸於稷下，一旦而服千人，魯連一說，使終身杜口。劉生之辯，未若田氏，今之仲連，求之不難，可無息乎！人各有好尚，蘭茝蓀蕙之芳，衆人所好，而海畔有逐臭之夫；咸池六莖之發，衆人所共樂，而墨翟有非之之論，豈可同哉！

今往僕少小所著辭賦一通相與。夫街談巷說，必有可采，擊轅之歌，有應風雅，匹夫之思，未易輕棄也。辭賦小道，固未足以揄揚大義，彰示來世也。昔楊子雲先朝執戟之臣耳，猶稱壯夫不爲也。吾雖德薄，位爲蕃侯，猶庶幾勠力上國，流惠下民，建永世之業，留金石之功，豈徒以翰墨爲勳績，辭賦爲君子哉！若吾志未果，吾道不行，則將采庶官之實録，辯時俗之得失，定仁義之衷，成一家之言。雖未能藏之於名山，將以傳之於同好，非要之皓首，豈今日之論乎！其言之不慙，恃惠子之知我也。明早相迎，書不盡懷。植白。

與吳季重書一首

曹子建

植白：季重足下。前日雖因常調，得爲密坐，雖燕飲彌日，其於別遠會稀，猶不盡其勞積也。若夫觴酌淩波於前，簫笳發音於後，足下鷹揚其體，鳳歎虎視，謂蕭曹不足儔，衛霍不足侔也。左顧右眄，謂若無人，豈非吾子壯志哉！過屠門而大嚼，雖不得肉，貴且快意。當斯之時，願舉太山以爲肉，傾東海以爲酒，伐雲夢之竹以爲笛，斬泗濵之梓以爲箏，食若填巨壑，飲若灌漏巵，其樂固難量，豈非大丈夫之樂哉！然日不我與，曜靈急節，面有逸景之速，別有參商之闊。思欲抑六龍之首，頓義和之轡，折若木之華，閉濛汜之谷。天路高邈，良久無緣，懷戀反側，如何如何！

得所來訊，文采委曲，曄若春榮，瀏若清風，申詠反覆，曠若復面。其諸賢所著文章，想還所治，復申詠之也，可令憙事小吏諷而誦之。夫文章之難，非獨今也。古之君子，猶亦病諸。家有千里，驥而不珍焉；人懷盈尺，和氏無貴矣。夫君子而知音樂，古之達論，謂之通而蔽。墨翟不好伎，何爲過朝歌而迴車乎？足下好伎，值墨翟迴車之縣，想足下助我張目也。

又聞足下在彼，自有佳政。夫求而不得者有之矣，未有不求而得者也。且改轍

易行，非良樂之御；易民而治，非楚鄭之政，願足下勉之而已矣。適對嘉賓，口授不悉。往來數相聞。曹植白。

荅東阿王書一首

吳季重

質白：信到，奉所惠貺。發函伸紙，是何文采之巨麗，而慰喻之綢繆乎！夫登東嶽者，然後知衆山之邐迤也；奉至尊者，然後知百里之卑微也。自旋之初，伏念五六日，至于旬時，精散思越，惘若有失。非敢羨寵光之休，慕猗頓之富。誠以身賤犬馬，德輕鴻毛，至乃歷玄闕，排金門，升玉堂，伏虛檻於前殿，臨曲池而行觴。既威儀虧替，言辭漏渫。雖恃平原養士之懿，愧無毛遂燿穎之才。深蒙薛公折節之禮，而無馮諼三窟之效。屢獲信陵虛左之德，又無侯生可述之美。凡此數者，乃質之所以憤積於胸臆，懷眷而悁邑者也。

若追前宴，謂之未究，傾海爲酒，并山爲肴，伐竹雲夢，斬梓泗濱，然後極雅意，盡歡情，信公子之壯觀，非鄙人之所庶幾也。若質之志，實在所天。思投印釋黻，朝夕侍坐，鑽仲父之遺訓，覽老氏之要言，對清酤而不酌，抑嘉肴而不享，使西施出帷，嫫母侍側，斯盛德之所蹈，明哲之所保也。若乃近者之觀，實盪鄙心。秦筝發徽，二八迭奏。塤簫激於華屋，靈鼓動於座右。耳嘈嘈於無聞，情踊躍於鞍馬。謂可北懾肅慎，使貢其楛矢；南震百越，使獻其白雉；又況權備，夫何足視乎！

還治諷采所著，觀省英瑋，實賦頌之宗，作者之師也。衆賢所述，亦各有志。昔趙武過鄭，七子賦詩，春秋載列，以爲美談。質小人也，無以承命。又所荅貺，辭醜義陋，申之再三，赧然汗下。此邦之人，閑習辭賦，三事大夫，莫不諷誦，何但小吏之有乎！

重惠苦言，訓以政事，惻隱之恩，形乎文墨。墨子迴車，而質四年，雖無德與民，式歌且舞。儒墨不同，固以久矣。然一旅之衆，不足以揚名，步武之間，不足以騁跡，若不改轍易御，將何以効其力哉！今處此而求大功，猶絆良驥之足，而責以千里之任；檻猨猴之勢，而望其巧捷之能者也。不勝見恤，謹附遺白荅，不敢繁辭。吳質白。

與滿公琰書一首　應休璉

璩白：昨者不遺，猥見照臨，雖昔侯生納顧於夷門，毛公受眷於逆旅，無以過也。外嘉郎君謙下之德，內幸頑才見誠知己，歡欣踊躍，情有無量。是以奔騁御僕，宣命周求，陽書喻於詹何，楊倩說於范武。故使鮮魚出於潛淵，芳旨發自幽巷，繁俎綺錯，羽爵飛騰，牙曠高徽，義渠哀激。當此之時，仲孺不辭同產之服，孟公不顧尚書之期。徒恨宴樂始酣，白日傾夕，驪駒就駕，意不宣展，追惟耿介，迄于明發。

適欲遺書，會承來命，知諸君子復有漳渠之會。夫漳渠西有伯陽之館，北有曠野之望，高樹翳朝雲，文禽蔽綠水，沙場夷敞，清風肅穆，是京臺之樂也，得無流而不反乎？適有事務，須自經營，不獲侍坐，良增邑邑。因白不悉。璩白。

與侍郎曹長思書一首　應休璉

璩白：足下去後，甚相思想。叔田有無人之歌，闉闍有匪存之思，風人之作，豈虛也哉！

王肅以宿德顯授，何曾以後進見拔，皆鷹揚虎視，有萬里之望。薄援助者，不能追參於高妙，復斂翼於故枝，塊然獨處，有離羣之志。汲黯樂在郎署，何武恥爲宰相，千載揆之，知其有由也。德非陳平，門無結駟之跡；學非楊雄，堂無好事之客；才劣仲舒，無下帷之思；家貧孟公，無置酒之樂。悲風起於閨闥，紅塵蔽於机榻。幸有袁生，時步玉趾，樵蘇不爨，清談而已，有似周黨之過閔子。

夫皮朽者毛落，川涸者魚逝，春生者繁華，秋榮者零悴，自然之數，豈有恨哉！聊爲大弟陳其苦懷耳。想還在近，故不益言。璩白。

與廣川長岑文瑜書一首　應休璉

璩白：頃者炎旱，日更增甚，沙礫銷鑠，草木焦卷，處涼臺而有鬱蒸之煩，浴寒水而有灼爛之慘。宇宙雖廣，無陰以憩。雲漢之詩，何以過此？土龍矯首於玄寺，泥人鶴立於闕里，修之歷旬，靜無徵効，明勸教之術，非致雨之備也。

知恤下人，躬自暴露，拜起靈壇，勤亦至矣。昔夏禹之解陽旴，殷湯之禱桑林，言未發而水旋流，辭未卒而澤滂沛。今者雲重積而復散，雨垂落而復收，得無賢聖殊品，優劣異姿，割髮宜及膚，翦爪宜侵肌乎？周征殷而年豐，衛伐邢而致雨，善

否之應，甚於影響，未可以爲不然也。想雅思所未及，謹書起予。應璩白。

與從弟君苗君胄書一首

應休璉

璩報：間者北遊，喜歡無量。登芒濟河，曠若發矇。風伯掃途，雨師灑道，按轡清路，周望山野，亦既至止，酌彼春酒。接武茅茨，涼過大夏；扶寸肴脩，味踰方丈。逍遥陂塘之上，吟詠菀柳之下，結春芳以崇佩，折若華以翳日，弋下高雲之鳥，餌出深淵之魚，蒲且讚善，便嬛稱妙，何其樂哉！雖仲尼忘味於虞韶，楚人流遯於京臺，無以過也。班嗣之書，信不虛矣。

來還京都，塊然獨處。營宅濵洛，困於囂塵，思樂汶上，發於寤寐。昔伊尹輟耕，郅惲投竿，思致君於有虞，濟蒸人於塗炭。而吾方欲秉耒耜於山陽，沈鉤緡於丹水，知其不如古人遠矣。然山父不貪天地之樂，曾參不慕晉楚之富，亦其志也。

前者邑人念弟無已，欲州郡崇禮，官師授邑，誠美意也。歷觀前後，來入軍府，至有皓首，猶未遇也。徒有飢寒駿奔之勞。俟河之清，人壽幾何？且宦無金張之援，遊無子孟之資，而圖富貴之榮，望殊異之寵，是隴西之遊，越人之射耳。幸賴先君之靈，免負擔之勤，追蹤丈人，畜雞種黍，潛精墳籍，立身揚名，斯爲可矣。無或遊言，以增邑邑。郊牧之田，宜以爲意，廣開土宇，吾將老焉。劉杜二生，想數往來。朱明之期，已復至矣，相見在近，故不復爲書。慎夏自愛。璩白。

【書下】

與山巨源絶交書一首

嵇叔夜

康白：足下昔稱吾於潁川，吾常謂之知言。然經怪此意，尚未熟悉於足下，何從便得之也？前年從河東還，顯宗阿都說足下議以吾自代，事雖不行，知足下故不知之。足下傍通，多可而少怪，吾直性狹中，多所不堪，偶與足下相知耳。間聞足下遷，惕然不喜，恐足下羞庖人之獨割，引尸祝以自助，手薦鸞刀，漫之羶腥，故具爲足下陳其可否。

吾昔讀書，得并介之人，或謂無之，今乃信其真有耳。性有所不堪，真不可強。今空語同知有達人，無所不堪，外不殊俗，而內不失正，與一世同其波流，而悔吝不生耳。老子、莊周，吾之師也，親居賤職；柳下惠、東方朔，達人也，安乎卑位。吾豈敢短之哉！又仲尼兼愛，不羞執鞭，子文無欲卿相，而三登令尹，是乃君子思濟物之意也。所謂達能兼善而不渝，窮則自得而無悶。以此觀之，故堯舜之君世，許由之巖棲，子房之佐漢，接輿之行歌，其揆一也。仰瞻數君，可謂能遂其志者也。故君子百行，殊塗而同致，循性而動，各附所安。故有處朝廷而不出，入山林而不反之論。且延陵高子臧之風，長卿慕相如之節，志氣所託，不可奪也。

吾每讀《尚子平臺孝威傳》，慨然慕之，想其爲人。少加孤露，母兄見驕，不涉經學。性復疏嬾，筋駑肉緩，頭面常一月十五日不洗，不大悶癢，不能沐也。每常小便，而忍不起，令胞中略轉乃起耳。又縱逸來久，情意傲散。簡與禮相背，嬾與慢相成，而爲儕類見寬，不攻其過。又讀《莊》《老》，重增其放。故使榮進之心日穨，任實之情轉篤。此由禽鹿少見馴育，則服從教制，長而見羈，則狂顧頓纓，赴蹈湯火，雖飾以金鑣，饗以嘉肴，逾思長林，而志在豐草也。

阮嗣宗口不論人過，吾每師之，而未能及。至性過人，與物無傷，唯飲酒過差耳。至爲禮法之士所繩，疾之如讎，幸賴大將軍保持之耳。吾不如嗣宗之賢，而有慢弛之闕；又不識人情，闇於機宜；無萬石之慎，而有好盡之累。久與事接，疵釁

日興，雖欲無患，其可得乎？

又人倫有禮，朝廷有法，自惟至熟，有必不堪者七，甚不可者二：卧喜晚起，而當關呼之不置，一不堪也。抱琴行吟，弋釣草野，而吏卒守之，不得妄動，二不堪也。危坐一時，痺不得搖，性復多蝨，把搔無已，而當裹以章服，揖拜上官，三不堪也。素不便書，又不喜作書，而人間多事，堆案盈机，不相酬荅，則犯教傷義，欲自勉強，則不能久，四不堪也。不喜弔喪，而人道以此爲重，己爲未見恕者所怨，至欲見中傷者，雖瞿然自責，然性不可化，欲降心順俗，則詭故不情，亦終不能獲無咎無譽如此，五不堪也。不喜俗人，而當與之共事，或賓客盈坐，鳴聲聒耳，囂塵臭處，千變百伎，在人目前，六不堪也。心不耐煩，而官事鞅掌，機務纏其心，世故繁其慮，七不堪也。又每非湯武而薄周孔，在人間不止此事，會顯世教所不容，此甚不可一也。剛腸疾惡，輕肆直言，遇事便發，此甚不可二也。以促中小心之性，統此九患，不有外難，當有內病，寧可久處人間邪！又聞道士遺言，餌朮黃精，令人久壽，意甚信之；遊山澤，觀魚鳥，心甚樂之。一行作吏，此事便廢，安能舍其所樂，而從其所懼哉！

夫人之相知，貴識其天性，因而濟之。禹不偪伯成子高，全其節也；仲尼不假蓋於子夏，護其短也；近諸葛孔明不偪元直以入蜀；華子魚不強幼安以卿相。此可謂能相終始，真相知者也。足下見直木必不可以爲輪，曲者不可以爲桷，蓋不欲以枉其天才，令得其所也。故四民有業，各以得志爲樂，唯達者爲能通之，此足下度內耳。不可自見好章甫，強越人以文冕也；己嗜臭腐，養鴛雛以死鼠也。吾頃學養生之術，方外榮華，去滋味，遊心於寂寞，以無爲爲貴。縱無九患，尚不顧足下所好者，又有心悶疾，頃轉增篤，私意自試，不能堪其所不樂。自卜已審，若道盡塗窮則已耳。足下無事冤之，令轉於溝壑也。

吾新失母兄之歡，意常悽切，女年十三，男年八歲，未及成人，況復多病，顧此悢悢，如何可言！今但願守陋巷，教養子孫，時與親舊叙闊，陳說平生，濁酒一盃，彈琴一曲，志願畢矣。足下若嬲之不置，不過欲爲官得人，以益時用耳。足下舊知吾潦倒麤踈，不切事情，自惟亦皆不如今日之賢能也。若以俗人皆喜榮華，獨能離

之，以此爲快，此最近之，可得言耳。然使長才廣度，無所不淹，而能不營，乃可貴耳。若吾多病困，欲離事自全，以保餘年，此真所乏耳，豈可見黃門而稱貞哉！若趣欲共登王塗，期於相致，時爲懽益，一旦迫之，必發其狂疾，自非重怨，不至於此也。

野人有快炙背而美芹子者，欲獻之至尊，雖有區區之意，亦已疏矣，願足下勿似之。其意如此，既以解足下，并以爲別。嵇康白。

爲石仲容與孫皓書一首

孫子荆

苞白：蓋聞見機而作，《周易》所貴，小不事大，《春秋》所誅，此乃吉凶之萌兆，榮辱之所由興也。是故許鄭以銜璧全國，曹譚以無禮取滅。載籍既記其成敗，古今又著其愚智矣。不復廣引譬類，崇飾浮辭，苟以夸大爲名，更喪忠告之實。今粗論事勢，以相覺悟。

昔炎精幽昧，曆數將終，桓靈失德，災釁並興，豺狼抗爪牙之毒，生人陷荼炭之艱。於是九州絕貫，皇綱解紐，四海蕭條，非復漢有。太祖承運，神武應期，征討暴亂，克寧區夏；協建靈符，天命既集，遂廓洪基，奄有魏域。土則神州中岳，器則九鼎猶存，世載淑美，重光相襲，固知四隩之攸同，天下之壯觀也。

公孫淵承籍父兄，世居東裔，擁帶燕胡，馮凌險遠，講武盤桓，不供職貢，內傲帝命，外通南國，乘桴滄流，交疇貨賄，葛越布於朔土，貂馬延乎吳會；自以爲控弦十萬，奔走足用，信能右折燕齊，左振扶桑，凌轢沙漠，南面稱王也。宣王薄伐，猛銳長驅。師次遼陽，而城池不守；桴鼓一震，而元凶折首。然後遠跡疆場，列郡大荒，收離聚散，咸安其居，民庶悅服，殊俗款附。自茲遂隆，九野清泰，東夷獻其樂器，肅慎貢其楛矢，曠世不羈，應化而至，巍巍蕩蕩，想所具聞。

吳之先主，起自荆州，遭時擾攘，播潛江表；劉備震懼，亦逃巴岷。遂依丘陵積石之固，三江五湖，浩汗無涯，假氣遊魂，迄于四紀。二邦合從，東西唱和，互相扇動，距捍中國。自謂三分鼎足之勢，可與泰山共相終始。相國晉王，輔相帝室，文武桓桓，志厲秋霜，廟勝之算，應變無窮，獨見之鑒，與衆絕慮。主上欽明，委以萬機，長轡遠御，妙略潛授，偏師同心，上下用力，稜威奮伐，罙入其阻，并敵一向，奪

其膽氣。小戰江介，則成都自潰；曜兵劍閣，而姜維面縛。開地五千，列郡三十。師不踰時，梁益肅清，使竊號之雄，稽顙絳闕，球琳重錦，充於府庫。夫虢滅虞亡，韓并魏徙，此皆前鑒之驗，後事之師也。又南中呂興，深覩天命，蟬蛻內向，願為臣妾。外失輔車脣齒之援，內有毛羽零落之漸，而徘徊危國，冀延日月，此猶魏武侯却指河山以自強大，殊不知物有興亡，則所美非其地也。

方今百僚濟濟，俊乂盈朝，虎臣武將，折衝萬里，國富兵強，六軍精練。思復翰飛，飲馬南海。自頃國家，整治器械，修造舟楫，簡習水戰。伐樹北山，則太行木盡，濬決河洛，則百川通流。樓船萬艘，千里相望。自刳木以來，舟車之用，未有如今日之盛者也。驍勇百萬，畜力待時，役不再舉，今日之謂也。然主上眷眷，未便電邁者，以為愛民治國，道家所尚，崇城自卑，文王退舍，故先開示大信，喻以存亡，殷勤之旨，往使所究。

若能審識安危，自求多福，蹶然改容，祇承往告，追慕南越，嬰齊入侍，北面稱臣，伏聽告策，則世祚江表，永為藩輔，豐報顯賞，隆於今日矣。若侮慢不式王命，然後謀力雲合，指麾風從，雍益二州，順流而東；青徐戰士，列江而西；荊楊兗豫，爭驅八衝；征東甲卒，虎步秣陵。爾乃皇輿整駕，六師徐征，羽檄燭日，旌旗流星，遊龍曜路，歌吹盈耳，士卒奔邁，其會如林，煙塵俱起，震天駭地，渴賞之士，鋒鏑爭先，忽然一旦身首橫分，宗祀屠覆，取誡萬世，引領南望，良以寒心。

夫治膏肓者必進苦口之藥，決狐疑者必告逆耳之言，如其迷謬，未知所投，恐俞附見其已困，扁鵲知其無功也。勉思良圖，惟所去就。石苞白。

與嵇茂齊書一首　趙景真

安白：昔李叟入秦，及關而歎；梁生適越，登岳長謠。夫以嘉遯之舉，猶懷戀恨，況乎不得已者哉！

惟別之後，離群獨游，背榮宴，辭倫好，經迴路，涉沙漠。鳴雞戒旦，則飄爾晨征；日薄西山，則馬首靡託。尋歷曲阻，則沈思紆結，乘高遠眺，則山川悠隔。或乃迴飆狂厲，白日寢光，踦嶇交錯，陵隰相望。徘徊九臯之內，慷慨重阜之巔，進無所依，退無所據，涉澤求蹊，披榛覓路，嘯詠溝渠，良不可度，斯亦行路之艱難，然非

吾心之所懼也。

至若蘭茝傾頓，桂林移植，根萌未樹，牙淺絃急，常恐風波潛駭，危機密發，斯所以怵惕於長衢，按轡而歎息也。又北土之性，難以託根，投人夜光，鮮不按劍。今將植橘柚於玄朔，蒂華藕於脩陵，表龍章於裸壤，奏韶舞於聾俗，固難以取貴矣。夫物不我貴，則莫之與；莫之與，則傷之者至矣。飄颻遠游之士，託身無人之鄉，揔轡遐路，則有前言之艱；懸鞍陋宇，則有後慮之戒；朝霞啓暉，則身疲於遄征；太陽戢曜，則情劬於夕惕；肆目平隰，則遼廓而無覩；極聽脩原，則淹寂而無聞。吁其悲矣！心傷悴矣！然後乃知步驟之士，不足爲貴也。

若乃顧影中原，憤氣雲踊，哀物悼世，激情風烈，龍睇大野，虎嘯六合，猛氣紛紜，雄心四據，思躡雲梯，橫奮八極，披艱掃穢，蕩海夷岳，蹴崑崙使西倒，蹋太山令東覆，平滌九區，恢維宇宙，斯亦吾之鄙願也。時不我與，垂翼遠逝，鋒鉅靡加，翅翮摧屈，自非知命，誰能不憤悒者哉！

吾子植根芳苑，擢秀清流，布葉華崖，飛藻雲肆，俯據潛龍之淵，仰蔭棲鳳之林，榮曜眩其前，豔色餌其後，良儔交其左，聲名馳其右，翱翔倫黨之間，弄姿帷房之裏，從容顧眄，綽有餘裕，俯仰吟嘯，自以爲得志矣，豈能與吾同大丈夫之憂樂者哉！

去矣嵇生，永離隔矣！煢煢飄寄，臨沙漠矣！悠悠三千，路難涉矣！攜手之期，邈無日矣！思心彌結，誰云釋矣！無金玉爾音，而有遐心。身雖胡越，意存斷金。各敬爾儀，敦履璞沈，繁華流蕩，君子弗欽，臨書悵然，知復何云！

與陳伯之書一首

丘希範

遲頓首。陳將軍足下：無恙，幸甚幸甚！將軍勇冠三軍，才爲世出，棄燕雀之小志，慕鴻鵠以高翔。昔因機變化，遭遇明主，立功立事，開國稱孤，朱輪華轂，擁旄萬里，何其壯也！如何一旦爲奔亡之虜，聞鳴鏑而股戰，對穹廬以屈膝，又何劣邪！

尋君去就之際，非有他故，直以不能內審諸己，外受流言，沈迷猖獗，以至於此。聖朝赦罪責功，棄瑕録用，推赤心於天下，安反側於萬物，將軍之所知，不假僕

一二談也。朱鮪涉血於友于，張繡剚刃於愛子，漢主不以爲疑，魏君待之若舊。況將軍無昔人之罪，而勳重於當世。夫迷塗知反，往哲是與；不遠而復，先典攸高。主上屈法申恩，吞舟是漏；將軍松柏不翦，親戚安居，高臺未傾，愛妾尚在。悠悠爾心，亦何可言！

今功臣名將，鴈行有序，佩紫懷黃，讚帷幄之謀，乘軺建節，奉疆埸之任，並刑馬作誓，傳之子孫。將軍獨靦顏借命，驅馳氈裘之長，寧不哀哉！夫以慕容超之強，身送東市；姚泓之盛，面縛西都。故知霜露所均，不育異類；姬漢舊邦，無取雜種。北虜僭盜中原，多歷年所，惡積禍盈，理至焦爛。況僞孽昏狡，自相夷戮；部落攜離，酋豪猜貳。方當繫頸蠻邸，懸首藁街。而將軍魚游於沸鼎之中，鷰巢於飛幕之上，不亦惑乎！

暮春三月，江南草長，雜花生樹，群鶯亂飛。見故國之旗鼓，感平生於疇日，撫絃登陴，豈不愴悢！所以廉公之思趙將，吳子之泣西河，人之情也。將軍獨無情哉？

想早勵良規，自求多福。當今皇帝盛明，天下安樂。白環西獻，楛矢東來；夜郎滇池，解辮請職；朝鮮昌海，蹶角受化。唯北狄野心，掘強沙塞之間，欲延歲月之命耳。中軍臨川殿下，明德茂親，揔茲戎重，弔民洛汭，伐罪秦中。若遂不改，方思僕言。聊布往懷，君其詳之。丘遲頓首。

重荅劉秣陵沼書一首

劉孝標

劉侯既重有斯難，值余有天倫之戚，竟未之致也。尋而此君長逝，化爲異物，緒言餘論，蘊而莫傳。或有自其家得而示余者，余悲其音徽未沫，而其人已亡，青簡尚新，而宿草將列，泫然不知涕之無從也。雖隙駟不留，尺波電謝，而秋菊春蘭，英華靡絕，故存其梗槩，更酬其旨。若使墨翟之言無爽，宣室之談有徵，冀東平之樹，望咸陽而西靡；蓋山之泉，聞絃歌而赴節。但懸劒空壠，有恨如何！

移書讓太常博士一首并序

劉子駿

歆親近，欲建立《左氏春秋》及《毛詩》《逸禮》《古文尚書》，皆列於學官。哀帝令歆與五經博士講論其議，諸儒博士或不肯置對，歆因移書太常博士責讓之曰：

昔唐虞既衰，而三代迭興，聖帝明王，累起相襲，其道甚著。周室既微，而禮樂不正，道之難全也如此。是故孔子憂道不行，歷國應聘，自衛反魯，然後樂正，雅頌乃得其所。修易序書，制作《春秋》，以記帝王之道。及夫子沒而微言絕，七十子卒而大義乖；重遭戰國，棄籩豆之禮，理軍旅之陣，孔氏之道抑，而孫吳之術興。陵夷至于暴秦，焚經書，殺儒士，設挾書之法，行是古之罪，道術由此遂滅。

漢興，去聖帝明王遐遠，仲尼之道又絕，法度無所因襲。時獨有一叔孫通，略定禮儀。天下惟有《易卜》，未有他書。至於孝惠之世，乃除挾書之律，然公卿大臣絳灌之屬，咸介冑武夫，莫以爲意。至孝文皇帝，始使掌故晁錯，從伏生受尚書。尚書初出於屋壁，朽折散絕，今其書見在，時師傳讀而已。詩始萌芽，天下衆書，往往頗出，皆諸子傳說，猶廣立於學官，爲置博士。在朝之儒，唯賈生而已。至孝武皇帝，然後鄒魯梁趙，頗有詩禮春秋先師，皆出於建元之間。當此之時，一人不能獨盡其經，或爲雅，或爲頌，相合而成。泰誓後得，博士集而讚之。故詔書曰：禮壞樂崩，書缺簡脫，朕甚閔焉。時漢興已七八十年，離於全經固以遠矣。

及魯恭王壞孔子宅，欲以爲宮，而得古文於壞壁之中，逸禮有三十九篇，書十六篇，天漢之後，孔安國獻之。遭巫蠱倉卒之難，未及施行。及春秋左氏丘明所脩，皆古文舊書，多者二十餘通，藏於秘府，伏而未發。孝成皇帝愍學殘文缺，稍離其真，乃陳發秘藏，校理舊文，得此三事，以考學官所傳經，或脫簡，或脫編。博問人間，則有魯國桓公、趙國貫公、膠東庸生之遺學與此同，抑而未施。此乃有識者之所歎愍，士君子之所嗟痛也。

往者綴學之士，不思廢絕之闕，苟因陋就寡，分文析字，煩言碎辭，學者罷老，且不能究其一藝，信口說而背傳記，是末師而非往古。至於國家將有大事，若立辟雍封禪巡狩之儀，則幽冥而莫知其原。猶欲保殘守缺，挾恐見破之私意，而亡從善服義之公心。或懷疾妒，不考情實，雷同相從，隨聲是非，抑此三學，以尚書爲不備，謂左氏不傳春秋，豈不哀哉！

今聖上德通神明，繼統揚業，亦愍此文教錯亂，學士若茲，雖深照其情，猶依違謙讓，樂與士君子同之。故下明詔，試左氏可立不，遣近臣奉旨銜命，將以輔弱

扶微，與二三君子比意同力，冀得廢遺。今則不然，深閉固距而不肯試，猥以不誦絕之，欲以杜塞餘道，絕滅微學。夫可與樂成，難與慮始，此乃衆庶之所爲耳，非所望於士君子也。且此數家之事，皆先帝所親論，今上所考視，其爲古文舊書，皆有徵驗，内外相應，豈苟而已哉！夫禮失求之於野，古文不猶愈於野乎！

往者博士《書》有歐陽，《春秋》公羊，《易》則施孟，然孝宣帝猶復廣立穀梁春秋、梁丘易大小夏侯尚書，義雖相反，猶並置之。何則？與其過而廢之，寧過而立之。《傳》曰：文武之道，未墜於地，在人，賢者志其大者，不賢者志其小者。今此數家之言，所以兼包大小之義，豈可偏絕哉？若必專己守殘，黨同門，妬道真，違明詔，失聖意，以陷於文吏之議，甚爲二三君子不取也。

北山移文一首

孔德璋

鍾山之英，草堂之靈。馳煙驛路，勒移山庭。夫以耿介拔俗之標，蕭灑出塵之想。度白雪以方絜，干青雲而直上。吾方知之矣。若其亭亭物表，皎皎霞外，芥千金而不眄，屣萬乘其如脫。聞鳳吹於洛浦，值薪歌於延瀨。固亦有焉。豈期終始參差，蒼黃翻覆。淚翟子之悲，慟朱公之哭。乍迴跡以心染，或先貞而後黷。何其謬哉！嗚呼！尚生不存，仲氏既往。山阿寂寥，千載誰賞？

世有周子，雋俗之士。既文既博，亦玄亦史。然而學遁東魯，習隱南郭。偶吹草堂，濫巾北岳。誘我松桂，欺我雲壑。雖假容於江皋，乃纓情於好爵。其始至也，將欲排巢父，拉許由。傲百氏，蔑王侯。風情張日，霜氣橫秋。或歎幽人長往，或怨王孫不遊。談空空於釋部，覈玄玄於道流。務光何足比，涓子不能儔。

及其鳴騶入谷，鶴書赴隴。形馳魄散，志變神動。爾乃眉軒席次，袂聳筵上。焚芰製而裂荷衣，抗塵容而走俗狀。風雲淒其帶憤，石泉咽而下愴。望林巒而有失，顧草木而如喪。至其紐金章，綰墨綬。跨屬城之雄，冠百里之首。張英風於海甸，馳妙譽於浙右。道帙長殯，法筵久埋。敲扑諠囂犯其慮，牒訴倥傯裝其懷。琴歌既斷，酒賦無續。常綢繆於結課，每紛綸於折獄。籠張趙於往圖，架卓魯於前籙。希蹤三輔豪，馳聲九州牧。使我高霞孤映，明月獨舉。青松落陰，白雲誰侶？澗石摧絕無與歸，石逕荒涼徒延佇。至於還飇入幕，寫霧出楹。蕙帳空兮夜鵠怨，山人去

兮曉猨驚。昔聞投簪逸海岸，今見解蘭縛塵纓。

於是南岳獻嘲，北壟騰笑。列壑爭譏，攢峯竦誚。慨遊子之我欺，悲無人以赴弔。故其林慙無盡，澗愧不歇。秋桂遺風，春蘿罷月。騁西山之逸議，馳東皐之素謁。今又促裝下邑，浪拽上京，雖情投於魏闕，或假步於山扃。豈可使芳杜厚顏，薜荔無恥。碧嶺再辱，丹崖重滓。塵游躅於蕙路，汙淥池以洗耳？宜扃岫幌，掩雲關。斂輕霧，藏鳴湍。截來轅於谷口，杜妄轡於郊端。於是叢條瞋膽，疊潁怒魄。或飛柯以折輪，乍低枝而掃跡。請迴俗士駕，爲君謝逋客。

昭明文選卷四十四

【檄】

喻巴蜀檄一首

司馬長卿

告巴蜀太守：蠻夷自擅，不討之日久矣。時侵犯邊境，勞士大夫。陛下即位，存撫天下，安集中國。然後興師出兵，北征匈奴，單于怖駭，交臂受事，屈膝請和。康居西域，重譯納貢，稽顙來享。移師東指，閩越相誅。右弔番禺，太子入朝。南夷之君，西僰之長，常效貢職，不敢憧怠，延頸舉踵喁喁然，皆嚮風慕義，欲爲臣妾，道里遼遠，山川阻深，不能自致。夫不順者已誅，而爲善者未賞，故遣中郎將往賓之，發巴蜀之士各五百人，以奉幣帛，衛使者不然，靡有兵革之事，戰鬪之患。今聞其乃發軍興制，驚懼子弟，憂患長老，郡又擅爲轉粟運輸，皆非陛下之意也。當行者或亡逃自賊殺，亦非人臣之節也。

夫邊郡之士，聞烽舉燧燔，皆攝弓而馳，荷兵而走，流汗相屬，唯恐居後，觸白刃，冒流矢，議不反顧，計不旋踵，人懷怒心，如報私讎。彼豈樂死惡生，非編列之民，而與巴蜀異主哉？計深慮遠，急國家之難，而樂盡人臣之道也。故有剖符之封，析珪而爵。位爲通侯，處列東第。終則遺顯號於後世，傳土地於子孫，行事甚忠敬，居位甚安逸，名聲施於無窮，功烈著而不滅。是以賢人君子，肝腦塗中原，膏液潤野草而不辭也。今奉幣役至南夷，即自賊殺，或亡逃抵誅，身死無名，謚爲至愚，恥及父母，爲天下笑。人之度量相越，豈不遠哉！然此非獨行者之罪也。父兄之教不先，子弟之率不謹，寡廉鮮恥，而俗不長厚也。其被刑戮，不亦宜乎！

陛下患使者有司之若彼，悼不肖愚民之如此，故遣信使，曉諭百姓以發卒之事，因數之以不忠死亡之罪，讓三老孝悌以不教誨之過。方今田時，重煩百姓，已親見近縣，恐遠所谿谷山澤之民不偏聞，檄到，亟下縣道，使咸喻陛下之意，無忽。

爲袁紹檄豫州一首

陳孔璋

左將軍領豫州刺史郡國相守。蓋聞明主圖危以制變，忠臣慮難以立權。是以有非常之人，然後有非常之事；有非常之事，然後立非常之功。夫非常者，故非常人

所擬也。

曩者彊秦弱主，趙高執柄，專制朝權，威福由己，時人迫脅，莫敢正言，終有望夷之敗，祖宗焚滅，汙辱至今，永爲世鑒。及臻呂后季年，產祿專政，內兼二軍，外統梁趙，擅斷萬機，決事省禁，下陵上替，海內寒心。於是絳侯朱虛興兵奮怒，誅夷逆暴，尊立太宗，故能王道興隆，光明顯融。此則大臣立權之明表也。

司空曹操祖父中常侍騰，與左悺徐璜並作妖孽，饕餮放橫，傷化虐民。父嵩，乞匄攜養，因贓假位，輿金輦璧，輸貨權門，竊盜鼎司，傾覆重器。操贅閹遺醜，本無懿德，𤢖狡鋒協，好亂樂禍。幕府董統鷹揚，掃除凶逆，續遇董卓侵官暴國，於是提劍揮鼓，發命東夏，收羅英雄，棄瑕取用，故遂與操同諮合謀，授以裨師，謂其鷹犬之才，爪牙可任。至乃愚佻短略，輕進易退，傷夷折衄，數喪師徒。幕府輒復分兵命銳，脩完補輯，表行東郡，領兗州刺史，被以虎文，獎蹴威柄，冀獲秦師一克之報。而操遂承資跋扈，肆行凶忒，割剝元元，殘賢害善。故九江太守邊讓，英才俊偉，天下知名，直言正色，論不阿諂，身首被梟懸之誅，妻孥受灰滅之咎。自是士林

憤痛，民怨彌重，一夫奮臂，舉州同聲，故躬破於徐方，地奪於呂布，彷徨東裔，蹈據無所。幕府惟強幹弱枝之義，且不登叛人之黨，故復援旌擐甲，席卷起征，金鼓響振，布衆奔沮，拯其死亡之患，復其方伯之位。則幕府無德於兗土之民，而有大造於操也。

後會鑾駕反旆，羣虜寇攻。時冀州方有北鄙之警，匪遑離局，故使從事中郎徐勛就發遣操，使繕脩郊廟，翊衛幼主。操便放志，專行脅遷，當御省禁，卑侮王室，敗法亂紀，坐領三臺，專制朝政，爵賞由心，刑戮在口，所愛光五宗，所惡滅三族，羣談者受顯誅，腹議者蒙隱戮，百寮鉗口，道路以目，尚書記朝會，公卿充員品而已。

故太尉楊彪，典歷二司，享國極位。操因緣眦睚，被以非罪，榜楚參并，五毒備至，觸情任忒，不顧憲網。又議郎趙彥，忠諫直言，義有可納，是以聖朝含聽，改容加飾。操欲迷奪時明，杜絕言路，擅收立殺，不俟報聞。又梁孝王先帝母昆，墳陵尊顯，桑梓松栢，猶宜肅恭。而操帥將吏士，親臨發掘，破棺裸尸，掠取金寶，至令聖

朝流涕，士民傷懷。操又特置發丘中郎將摸金校尉，所過隳突，無骸不露。身處三公之位，而行桀虜之態，汙國虐民，毒施人鬼。加其細政苛慘，科防互設。罾繳充蹊，坑穽塞路，舉手挂網羅，動足觸機陷，是以兖豫有無聊之民，帝都有吁嗟之怨。

歷觀載籍，無道之臣，貪殘酷烈，於操爲甚。幕府方詰外姦，未及整訓，加緒含容，冀可彌縫。而操豺狼野心，潛包禍謀，乃欲摧橈棟樑，孤弱漢室，除滅忠正，專爲梟雄。往者伐鼓北征公孫瓚，強寇桀逆，拒圍一年。操因其未破，陰交書命，外助王師，内相掩襲，故引兵造河，方舟北濟。會其行人發露，瓚亦梟夷，故使鋒芒挫縮，厥圖不果。爾乃大軍過蕩西山，屠各左校，皆束手奉質，争爲前登，犬羊殘醜，消淪山谷。於是操師震慴，晨夜逋遁，屯據敖倉，阻河爲固，欲以螗蜋之斧，禦隆車之隧。幕府奉漢威靈，折衝宇宙，長戟百萬，胡騎千羣，奮中黃育獲之士，騁良弓勁弩之勢，並州越太行，青州涉濟漯，大軍汎黃河而角其前，荆州下宛葉而掎其後。雷霆虎步，並集虜庭，若舉炎火以焫飛蓬，覆滄海以沃熛炭，有何不滅者哉！

又操軍吏士，其可戰者皆自出幽冀，或故營部曲，咸怨曠思歸，流涕北顧。其餘兖豫之民，及呂布張揚之遺衆，覆亡迫脅，權時苟從，各被創夷，人爲讎敵。若迴旆方徂，登高岡而擊鼓吹，揚素揮以啓降路，必土崩瓦解，不俟血刃。

方今漢室陵遲，綱維弛絶，聖朝無一介之輔，股肱無折衝之勢，方畿之内，簡練之臣，皆垂頭搨翼，莫所憑恃。雖有忠義之佐，脅於暴虐之臣，焉能展其節？又操持部曲精兵七百，圍守宮闕，外託宿衛，内實拘執，懼其簒逆之萌，因斯而作。此乃忠臣肝腦塗地之秋，烈士立功之會，可不勗哉！

操又矯命稱制，遣使發兵，恐邊遠州郡，過聽而給與，強寇弱主，違衆旅叛，舉以喪名，爲天下笑，則明哲不取也。即日幽并青冀四州並進，書到荆州，便勒見兵，與建忠將軍協同聲勢。州郡各整戎馬，羅落境界，舉師揚威，並匡社稷，則非常之功，於是乎著。其得操首者，封五千户侯，賞錢五千萬。部曲偏裨將校諸吏降者，勿有所問。廣宣恩信，班揚符賞，布告天下，咸使知聖朝有拘逼之難。如律令。

檄吳將校部曲文一首

陳孔璋

年月朔日子，尚書令彧，告江東諸將校部曲及孫權宗親中外：蓋聞禍福無門，

惟人所召。夫見機而作，不處凶危，上聖之明也；臨事制變，困而能通，智者之慮也；漸漬荒沈，往而不反，下愚之蔽也。是以大雅君子，於安思危，以遠咎悔；小人臨禍懷佚，以待死亡。二者之量，不亦殊乎！

孫權小子，未辨菽麥，要領不足以膏齊斧，名字不足以洿簡墨。譬猶鷇卵，始生翰毛，而便陸梁放肆，顧行吠主。謂爲舟楫足以距皇威，江湖可以逃靈誅，不知天網設張，以在綱目，爨鑊之魚，期於消爛也。若使水而可恃，則洞庭無三苗之墟，子陽無荊門之敗，朝鮮之壘不刊，南越之旍不拔。昔夫差承闔閭之遠跡，用申胥之訓兵，棲越會稽，可謂強矣。及其抗衡上國，與晉爭長，都城屠於勾踐，武卒散於黄池，終於覆滅，身罄越軍。及吳王濞驕恣屈強，猖猾始亂，自以兵強國富，勢陵京城。太尉帥師，甫下滎陽，則七國之軍，瓦解冰泮，濞之罵言未絶於口，而丹徒之刃以陷其胸。何則？天威不可當，而悖逆之罪重也。

且江湖之衆，不足恃也，自董卓作亂，以迄於今，將三十載。其間豪桀縱横，熊據虎跱，強如二袁，勇如呂布，跨州連郡，有威有名，十有餘輩。其餘鋒捍特起，鸇視狼顧，爭爲梟雄者，不可勝數。然皆伏鈇嬰鉞，首腰分離，雲散原燎，罔有孑遺。近者關中諸將，復相合聚，續爲叛亂，阻二華，據河渭，驅率羌胡，齊鋒東向，氣高志遠，似若無敵。丞相秉鉞鷹揚，順風烈火，元戎啓行，未鼓而破。伏尸千萬，流血漂櫓，此皆天下所共知也。是後大軍所以臨江而不濟者，以韓約馬超逋逸迸脱，走還涼州，復欲鳴吠。逆賊宋建，僭號河首，同惡相救，並爲脣齒。又鎮南將軍張魯，負固不恭。皆我王誅所當先加。故且觀兵旋旆，復整六師，長驅西征，致天下誅。偏將涉隴，則建約梟夷，旍首萬里；軍入散關，則群氐率服，王侯豪帥，奔走前驅。進臨漢中，則陽平不守，十萬之師，土崩魚爛，張魯逋竄，走入巴中，懷恩悔過，委質還降；巴夷王朴胡，賨邑侯杜濩，各帥種落，共舉巴郡，以奉王職。鉦鼓一動，二方俱定，利盡西海，兵不鈍鋒。若此之事，皆上天威明，社稷神武，非徒人力所能立也。

聖朝寬仁覆載，允信允文，大啓爵命，以示四方。魯及胡濩皆享萬户之封，魯之五子，各受千室之邑，胡濩子弟部曲將校爲列侯將軍已下千有餘人。百姓安堵，

四民反業。而建約之屬，皆爲鯨鯢；超之妻孥，焚首金城，父母嬰孩，覆尸許市。非國家鍾禍於彼，降福於此也，逆順之分，不得不然。夫鷙鳥之擊先高，攫鷙之勢也；牧野之威，孟津之退也。今者枳棘翦扞，戎夏以清，萬里肅齊，六師無事。故大舉天師百萬之衆，與匈奴南單于呼完廚及六郡烏桓丁令屠各，湟中羌僰，霆奮席卷，自壽春而南。又使征西將軍夏侯淵等，率精甲五萬，及武都氐羌，巴漢銳卒，南臨汶江，搤據庸蜀。江夏襄陽諸軍，橫截湘沅，以臨豫章，樓船橫海之師，直指吳會。萬里剋期，五道並入，權之期命，於是至矣。

丞相銜奉國威，爲民除害，元惡大憝，必當梟夷。至於枝附葉從，皆非詔書所特禽疾。故每破滅強敵，未嘗不務在先降後誅，拔將取才，各盡其用。是以立功之士，莫不翹足引領，望風響應。昔袁術僭逆，王誅將加，則廬江太守劉勳先舉其郡，還歸國家。呂布作亂，師臨下邳，張遼侯成，率衆出降，還討眭固，薛洪樛尚，開城就化。官渡之役，則張郃高奐舉事立功。後討袁尚，則都督將軍馬延、故豫州刺史陰夔、射聲校尉郭昭臨陣來降。圍守鄴城，則將軍蘇游反爲內應，審配兄子開門入兵。既誅袁譚，則幽州大將焦觸攻逐袁熙，舉事來服。凡此之輩數百人，皆忠壯果烈，有智有仁，悉與丞相參圖畫策，折衝討難，芟敵搴旗，靜安海內，豈輕舉措也哉！誠乃天啓其心，計深慮遠，審邪正之津，明可否之分，勇不虛死，節不苟立，屈伸變化，唯道所存，故乃建丘山之功，享不訾之祿，朝爲仇虜，夕爲上將，所謂臨難知變，轉禍爲福者也。若夫說誘甘言，懷寶小惠，泥滯苟且，沒而不覺，隨波漂流，與熛俱滅者，亦甚衆多。吉凶得失，豈不哀哉！昔歲軍在漢中，東西懸隔，合肥遺守，不滿五千，權親以數萬之衆，破敗奔走，今乃欲當御雷霆，難以冀矣。

夫天道助順，人道助信，事上之謂義，親親之謂仁。盛孝章，君也，而權誅之，孫輔，兄也，而權殺之。賊義殘仁，莫斯爲甚。乃神靈之逋罪，下民所同讎。辜讎之人，謂之凶賊。是故伊摯去夏，不爲傷德；飛廉死紂，不可謂賢。何者？去就之道，各有宜也。丞相深惟江東舊德名臣，多在載籍。近魏叔英秀出高峙，著名海內；虞文繡砥礪清節，耽學好古；周泰明當世俊彥，德行脩明。皆宜膺受多福，保乂子孫。而周盛門戶無辜被戮，遺類流離，湮沒林莽，言之可爲愴然。聞魏周榮虞仲翔

各紹堂構，能負析薪。及吳諸顧陸舊族長者，世有高位，當報漢德，顯祖揚名。及諸將校孫權婚親，皆我國家良寶利器，而並見驅迮，雨絕於天，有斧無柯，何以自濟？相隨顛沒，不亦哀乎！蓋鳳鳴高岡以遠罻羅，賢聖之德也。鶚鴆之鳥巢於葦苕，苕折子破，下愚之惑也。今江東之地，無異葦苕，諸賢處之，信亦危矣。聖朝開弘曠蕩，重惜民命，誅在一人，與衆無忌，故設非常之賞，以待非常之功。乃霸夫烈士奮命之良時也，可不勉乎！若能翻然大舉，建立元勳，以應顯祿，福之上也。如其未能，筭量大小，以存易亡，亦其次也。夫係蹄在足，則猛虎絕其蹯；蝮蛇在手，則壯士斷其節。何則？以其所全者重，以其所棄者輕。若乃樂禍懷寧，迷而忘復，闇大雅之所保，背先賢之去就，忽朝陽之安，甘折苕之末，日忘一日，以至覆沒，大兵一放，玉石俱碎，雖欲救之，亦無及已。故令往購募爵賞科條如左。檄到詳思至言。如詔律令。

檄蜀文一首　鍾士季

往者漢祚衰微，率土分崩，生民之命，幾於泯滅。我太祖武皇帝神武聖哲，撥

亂反正，拯其將墜，造我區夏。高祖文皇帝應天順民，受命踐祚。烈祖明皇帝奕世重光，恢拓洪業。然江山之外，異政殊俗，率土齊民，未蒙王化，此三祖所以顧懷遺志也。今主上聖德欽明，紹隆前緒，宰輔忠肅明允，劬勞王室，布政垂惠而萬邦協和，施德百蠻而肅慎致貢。悼彼巴蜀，獨爲匪民，愍此百姓，勞役未已。是以命授六師，龔行天罰，征西雍州鎮西諸軍，五道並進。古之行軍，以仁爲本，以義治之。王者之師，有征無戰。故虞舜舞干戚而服有苗，周武有散財發廩表閭之義。今鎮西奉辭銜命，攝統戎車，庶弘文告之訓，以濟元元之命，非欲窮武極戰，以快一朝之志，故略陳安危之要，其敬聽話言。

益州先主以命世英才，興兵新野，困躓冀徐之郊，制命紹布之手，太祖拯而濟之，興隆大好。中更背違，棄同即異。諸葛孔明仍規秦川，姜伯約屢出隴右，勞動我邊境，侵擾我氐羌，方國家多故，未遑脩九伐之征也。今邊境乂清，方內無事，蓄力待時，併兵一向。而巴蜀一州之衆，分張守備，難以禦天下之師，段谷侯和沮傷之氣，難以敵堂堂之陣。比年已來，曾無寧歲，征夫勤瘁，難以當子來之民。此皆諸賢

所共親見，蜀侯見禽於秦，公孫述授首於漢，九州之險，是非一姓：此皆諸君所備聞也。明者見危於無形，智者規福於未萌。是以微子去商，長爲周賓；陳平背項，立功於漢。豈宴安鴆毒，懷祿而不變哉？

今國朝隆天覆之恩，宰輔弘寬恕之德，先惠後誅，好生惡殺。往者吳將孫壹舉衆內附，位爲上司，寵秩殊異。文欽唐咨爲國大害，叛主讎賊，還爲戎首。咨困偪禽獲，欽二子還降，皆將軍封侯，咨豫聞國事。壹等窮蹙歸命，猶加上寵，況巴蜀賢智見機而作者哉！誠能深鑒成敗，邈然高蹈，投跡微子之蹤，措身陳平之軌，則福同古人，慶流來裔，百姓士民，安堵樂業，農不易畝，市不迴肆，去累卵之危，就永安之計，豈不美與！若偷安旦夕，迷而不反，大兵一放，玉石俱碎，雖欲悔之，亦無及也。各具宣布，咸使知聞。

難蜀父老一首

司馬長卿

漢興七十有八載，德茂存乎六世，威武紛紜，湛恩汪濊，群生霑濡，洋溢乎方外。於是乃命使西征，隨流而攘，風之所被，罔不披靡。因朝冉從駹，定筰存邛，略斯榆，舉苞蒲，結軌還轅，東鄉將報，至于蜀都。耆老大夫搢紳先生之徒二十有七

人，儼然造焉。辭畢，進曰：『蓋聞天子之牧夷狄也，其義羈縻勿絕而已。今罷三郡之士，通夜郎之塗，三年於茲，而功不竟，士卒勞倦，萬民不贍。今又接之以西夷，百姓力屈，恐不能卒業，此亦使者之累也。竊爲左右患之。且夫邛筰西夷之與中國並也，歷年茲多，不可記已。仁者不以德來，強者不以力并，意者其殆不可乎！今割齊民以附夷狄，敝所恃以事無用，鄙人固陋，不識所謂。』使者曰：『烏謂此乎？必若所云，則是蜀不變服而巴不化俗也。僕常惡聞若說。然斯事體大，固非觀者之所覯也。余之行急，其詳不可得聞已，請爲大夫粗陳其略：

『蓋世必有非常之人，然後有非常之事；有非常之事，然後有非常之功。夫非常者，固常人之所異也。故曰：非常之原，黎民懼焉；及臻厥成，天下晏如也。昔者洪水沸出，氾濫衍溢，民人升降移徙，崎嶇而不安。夏后氏慼之，乃堙洪塞源，決江疏河，灑沈澹災，東歸之於海，而天下永寧。當斯之勤，豈惟民哉。心煩於慮，而身親其勞，躬腠胝無胈，膚不生毛。故休烈顯乎無窮，聲稱浹乎于茲。

『且夫賢君之踐位也，豈特委瑣喔躖，拘文牽俗，循誦習傳，當世取說云爾哉？必將崇論吰議，创業垂統，爲萬世規。故馳騖乎兼容并包，而勤思乎參天貳地。且詩不云乎：「普天之下，莫非王土；率土之濵，莫非王臣。」是以六合之內，八方之外，浸淫衍溢，懷生之物有不浸潤於澤者，賢君恥之。今封疆之內，冠帶之倫，咸獲嘉祉，靡有闕遺矣。而夷狄殊俗之國，遼絕異黨之域，舟車不通，人跡罕至，政教未加，流風猶微。內之則時犯義侵禮於邊境，外之則邪行横作，放殺其上。君臣易位，尊卑失序，父老不辜，幼孤爲奴虜，係縲號泣，內嚮而怨，曰：「蓋聞中國有至仁焉，德洋恩普，物靡不得其所，今獨曷爲遺已？」舉踵思慕，若枯旱之望雨。」戾夫爲之垂涕，況乎上聖，又焉能已？故北出師以討強胡，南馳使以誚勁越。四面風德，二方之君，鱗集仰流，願得受號者以億計。故乃關沫若，徼牂牁，鏤靈山，梁孫原。創道德之塗，垂仁義之統，將博恩廣施，遠撫長駕，使疏逖不閉，曶爽闇昧，得耀乎光明，以偃甲兵於此，而息討伐於彼。遐邇一體，中外禔福，不亦康乎？夫拯民於沈溺，奉至尊之休德，反衰世之陵夷，繼周氏之絕業，天子之亟務

也。百姓雖勞，又惡可以已乎哉？

『且夫王者固未有不始於憂勤，而終於逸樂者也。然則受命之符，合在於此。方將增太山之封，加梁父之事，鳴和鸞，揚樂頌，上減五，下登三。觀者未覩旨，聽者未聞音，猶鷦鵬已翔乎寥廓之宇，而羅者猶視乎藪澤，悲夫！』

於是諸大夫芒然喪其所懷來，失厥所以進，喟然並稱曰：『允哉漢德，此鄙人之所願聞也。百姓雖勞，請以身先之。』敞罔靡徙，遷延而辭避。

昭明文選卷四十五

【對問】

對楚王問一首

宋玉

楚襄王問於宋玉曰：『先生其有遺行與？何士民衆庶不譽之甚也？』

宋玉對曰：『唯，然，有之。願大王寬其罪，使得畢其辭。客有歌於郢中者，其始曰下里巴人，國中屬而和者數千人；其爲陽阿薤露，國中屬而和者數百人；其爲陽春白雪，國中屬而和者不過數十人；引商刻羽，雜以流徵，國中屬而和者不過數人而已。是其曲彌高，其和彌寡。故鳥有鳳而魚有鯤。鳳皇上擊九千里，絕雲霓，負蒼天，翱翔乎杳冥之上。夫蕃籬之鷃，豈能與之料天地之高哉？鯤魚朝發崑崙之墟，暴鬐於碣石，暮宿於孟諸。夫尺澤之鯢，豈能與之量江海之大哉！故非獨鳥有鳳而魚有鯤也，士亦有之。夫聖人瑰意琦行，超然獨處；夫世俗之民又安知臣之所爲哉！』

【設論】

荅客難一首

東方曼倩

客難東方朔曰：『蘇秦張儀壹當萬乘之主，而身都卿相之位，澤及後世。今子大夫脩先生之術，慕聖人之義，諷誦詩書百家之言，不可勝記，著於竹帛，脣腐齒落，服膺而不可釋，好學樂道之效，明白甚矣，自以爲智能海内無雙，則可謂博聞辯智矣。然悉力盡忠，以事聖帝，曠日持久，積數十年，官不過侍郎，位不過執戟，意者尚有遺行邪？同胞之徒，無所容居，其故何也？』

東方先生喟然長息，仰而應之曰：『是故非子之所能備。彼一時也，此一時也，豈可同哉？夫蘇秦張儀之時，周室大壞，諸侯不朝，力政争權，相擒以兵，并爲十二國，未有雌雄，得士者強，失士者亡，故說得行焉。身處尊位，珍寶充内，外有倉廩，澤及後世，子孫長享。今則不然。聖帝德流，天下震慴，諸侯賓服，連四海之外以爲帶，安於覆盂，天下平均，合爲一家，動發舉事，猶運之掌，賢與不肖，何以異哉？遵天之道，順地之理，物無不得其所。故綏之則安，動之則苦；尊之則爲

將，卑之則爲虜；抗之則在青雲之上，抑之則在深淵之下；用之則爲虎，不用則爲鼠；雖欲盡節効情，安知前後？夫天地之大，士民之衆，竭精馳說，並進輻湊者，不可勝數，悉力慕之，困於衣食，或失門户。使蘇秦、張儀與僕並生於今之世，曾不得掌故，安敢望侍郎乎！《傳》曰：「天下無害，雖有聖人無所施才；上下和同，雖有賢者無所立功。」故曰時異事異。

雖然，安可以不務脩身乎哉？《詩》曰：「鼓鍾于宮，聲聞於外。」「鶴鳴九皋，聲聞於天。」苟能脩身，何患不榮？太公體行仁義，七十有二，乃設用於文武，得信厥說，封於齊，七百歲而不絕。此士所以日夜孳孳，脩學敏行而不敢怠也。譬若鶺鴒，飛且鳴矣。《傳》曰：「天不爲人之惡寒而輟其冬，地不爲人之惡險而輟其廣，君子不爲小人之匈匈而易其行。」「天有常度，地有常形，君子有常行；君子道其常，小人計其功。」《詩》云：「禮義之不愆，何恤人之言？」「水至清則無魚，人至察則無徒；冕而前旒，所以蔽明；黈纊充耳，所以塞聰。」明有所不見，聰有所不聞，舉大德，赦小過，無求備於一人之義也。枉而直之，使自得之；優而柔之，使自求之；揆而度之，使自索之。蓋聖人之教化如此，欲其自得之；自得之，則敏且廣矣。

『今世之處士，時雖不用，塊然無徒，廓然獨居，上觀許由，下察接輿，計同范蠡，忠合子胥，天下和平，與義相扶，寡偶少徒，固其宜也，子何疑於予哉？若夫燕之用樂毅，秦之任李斯，酈食其之下齊，說行如流，曲從如環，所欲必得，功若丘山，海內定，國家安，是遇其時者也，子又何怪之邪？語曰：「以筦窺天，以蠡測海，以筳撞鍾」，豈能通其條貫，考其文理，發其音聲哉！猶是觀之，譬由鼱鼩之襲狗，孤豚之咋虎，至則靡耳，何功之有？今以下愚而非處士，雖欲勿困，固不得已。此適足以明其不知權變，而終惑於大道也。』

解嘲一首并序

楊子雲

哀帝時，丁傅董賢用事，諸附離之者，起家至二千石。時雄方草創《大玄》，有以自守，泊如也。人有嘲雄以玄之尚白，雄解之，號曰《解嘲》。其辭曰：

客嘲楊子曰：『吾聞上世之士，人綱人紀，不生則已，生必上尊人君，下榮父

母，析人之珪，儋人之爵，懷人之符，分人之祿，紆青拖紫，朱丹其轂。今吾子幸得遭明盛之世，處不諱之朝，與羣賢同行，歷金門，上玉堂有日矣，曾不能畫一奇，出一策，上說人主，下談公卿。目如耀星，舌如電光，一從一橫，論者莫當，顧默而作《太玄》五千文，枝葉扶疏，獨說數十餘萬言，深者入黃泉，高者出蒼天，大者含元氣，細者入無間。然而位不過侍郎，擢纔給事黃門。意者玄得無尚白乎？何爲官之拓落也？』

楊子笑而應之曰：『客徒朱丹吾轂，不知一跌將赤吾之族也。往昔周網解結，羣鹿爭逸，離爲十二，合爲六七，四分五剖，並爲戰國。士無常君，國無定臣，得士者富，失士者貧，矯翼厲翮，恣意所存，故士或自盛以橐，或鑿壞以遁。是故鄒衍以頡頏而取世資；孟軻雖連蹇，猶爲萬乘師。

『今大漢左東海，右渠搜，前番禺，後椒塗。東南一尉，西北一候。徽以糾墨，制以鑽鈇，散以禮樂，風以詩書，曠以歲月，結以倚廬。天下之士，雷動雲合，魚鱗雜襲，咸營于八區。家家自以爲稷契，人人自以爲皋陶。戴縰垂纓，而談者皆擬於阿

衡；五尺童子，羞比晏嬰與夷吾。當塗者升青雲，失路者委溝渠。旦握權則爲卿相，夕失勢則爲匹夫。譬若江湖之崖，渤澥之島，乘鴈集不爲之多，雙鳧飛不爲之少。昔三仁去而殷墟，二老歸而周熾，子胥死而吳亡，種蠡存而越霸，五羖入而秦喜，樂毅出而燕懼，范雎以折摺而危穰侯，蔡澤以噤吟而笑唐舉。故當其有事也，非蕭曹子房平勃樊霍則不能安，當其無事也，章句之徒相與坐而守之，亦無所患。故世亂則聖哲馳騖而不足；世治則庸夫高枕而有餘。

『夫上世之士，或解縛而相，或釋褐而傅；或倚夷門而笑，或橫江潭而漁；或七十說而不遇；或立談而封侯；或枉千乘於陋巷，或擁篲而先驅。是以士頗得信其舌而奮其筆，窒隙蹈瑕而無所詘也。當今縣令不請士，郡守不迎師，群卿不揖客，將相不俛眉；言奇者見疑，行殊者得辟。是以欲談者卷舌而同聲，欲步者擬足而投跡。嚮使上世之士，處乎今世，策非甲科，行非孝廉，舉非方正，獨可抗疏，時道是非，高得待詔，下觸聞罷，又安得青紫？

『且吾聞之，炎炎者滅，隆隆者絕；觀雷觀火，爲盈爲實；天收其聲，地藏其

熱。高明之家，鬼瞰其室。攫拏者亡，默默者存；位極者高危，自守者身全。是故知玄知默，守道之極；爰清爰靜，游神之庭；惟寂惟漠，守德之宅。世異事變，人道不殊，彼我易時，未知何如。今子乃以鴟梟而笑鳳皇，執蝘蜓而嘲龜龍，不亦病乎！子之笑我玄之尚白，吾亦笑子病甚，不遇俞跗與扁鵲也，悲夫！』

客曰：『然則靡玄無所成名乎？范蔡以下，何必玄哉？』

楊子曰：『范雎，魏之亡命也，折脅摺髂，免於徽索，翕肩蹈背，扶服入橐，激卬萬乘之主，介涇陽，抵穰侯而代之，當也。蔡澤，山東之匹夫也，顩頤折頞，涕唾流沫，西揖強秦之相，搤其咽而亢其氣，拊其背而奪其位，時也。天下已定，金革已平，都於洛陽，婁敬委輅脫輓，掉三寸之舌，建不拔之策，舉中國徙之長安，適也。五帝垂典，三王傳禮，百世不易，叔孫通起於枹鼓之間，解甲投戈，遂作君臣之儀，得也。呂刑靡敝，秦法酷烈，聖漢權制，而蕭何造律，宜也。故有造蕭何之律於唐虞之世，則悖矣；有作叔孫通儀於夏殷之時，則惑矣；有建婁敬之策於成周之世，則乖矣；有談范蔡之說於金張許史之間，則狂矣。夫蕭規曹隨，留侯畫策，陳平出奇，功若泰山，響若坻隤，雖其人之贍智哉，亦會其時之可爲也。故爲可爲於可爲之時，則從；爲不可爲於不可爲之時，則凶。若夫藺生收功於章臺，四皓采榮於南山，公孫創業於金馬，驃騎發跡於祁連，司馬長卿竊貲於卓氏，東方朔割炙於細君。

僕誠不能與此數子並，故默然獨守吾太玄。』

荅賓戲一首并序

班孟堅

永平中爲郎，典校秘書，專篤志於儒學，以著述爲業。或譏以無功，又感東方朔楊雄自喻，以不遭蘇張范蔡之時，曾不折之以正道，明君子之所守，故聊復應焉。其辭曰：

賓戲主人曰：『蓋聞聖人有一定之論，烈士有不易之分，亦云名而已矣。故太上有立德，其次有立功。夫德不得後身而特盛，功不得背時而獨彰。是以聖哲之治，棲棲遑遑，孔席不暖，墨突不黔。由此言之，取舍者昔人之上務，著作者前列之餘事耳。今吾子幸遊帝王之世，躬帶紱冕之服，浮英華，湛道德，矕龍虎之文，舊矣。卒不能攄首尾，奮翼鱗，振拔洿塗，跨騰風雲，使見之者影駭，聞之者響震。徒

樂枕經籍書，紆體衡門，上無所蒂，下無所根。獨攄意乎宇宙之外，銳思於毫芒之內，潛神默記，緪以年歲。然而器不賈於當己，用不効於一世，雖馳辯如濤波，摛藻如春華，猶無益於殿最也。意者，且運朝夕之策，定合會之計，使存有顯號，亡有美謚，不亦優乎？』

主人逌爾而笑曰：『若賓之言，所謂見世利之華，闇道德之實，守窔奧之熒燭，未仰天庭而覩白日也。曩者王塗蕪穢，周失其馭，侯伯方軌，戰國橫騖，於是七雄虓闞，分裂諸夏，龍戰虎爭。游說之徒，風颮電激，並起而救之，其餘猋飛景附，霅煜其間者，蓋不可勝載。當此之時，搦朽摩鈍，鈆刀皆能一斷，是故魯連飛一矢而蹶千金，虞卿以顧眄而捐相印。夫啾發投曲，感耳之聲，合之律度，淫繩而不可聽者，非韶夏之樂也。因勢合變，遇時之容，風移俗易，乖迕而不可通者，非君子之法也。及至從人合之，衡人散之，亡命漂說，羈旅騁辭，商鞅挾三術以鑽孝公，李斯奮時務而要始皇，彼皆躡風塵之會，履顛沛之勢，據徼乘邪，以求一日之富貴，朝爲榮華，夕爲顦顇，福不盈眥，禍溢於世，凶人且以自悔，況吉士而是賴乎？且功不可虛成，名不可以僞立，韓設辨以激君，呂行詐以賈國。說難既遒，其身乃囚；秦貨既貴，厥宗亦墜。是以仲尼抗浮雲之志，孟軻養浩然之氣，彼豈樂爲迂闊哉？道不可以貳也。方今大漢洒埽群穢，夷險芟荒，廓帝紘，恢皇綱，基隆於羲農，規廣於黃唐；其君天下也，炎之如日，威之如神，函之如海，養之如春。是以六合之內，莫不同源共流，沐浴玄德，稟仰太龢，枝附葉著，譬猶草木之植山林，鳥魚之毓川澤，得氣者蕃滋，失時者零落，參天地而施化，豈云人事之厚薄哉？今吾子處皇代而論戰國，曜所聞而疑所覿，欲從堥敦而度高乎泰山，懷氿濫而測深乎重淵，亦未至也。』

賓曰：『若夫鞅斯之倫，衰周之凶人，既聞命矣。敢問上古之士，處身行道，輔世成名，可述於後者，默而已乎？』

主人曰：『何爲其然也！昔者咎繇謨虞，箕子訪周，言通帝王，謀合神聖；殷說夢發於傅巖，周望兆動於渭濱，齊甯激聲於康衢，漢良受書於邳垠，皆竢命而神交，匪詞言之所信，故能建必然之策，展無窮之勳也。近者陸子優游，新語以興；

董生下帷，發藻儒林；劉向司籍，辨章舊聞；揚雄譚思，法言太玄。皆及時君之門闈，究先聖之壼奧，婆娑乎術藝之場，休息乎篇籍之囿，以全其質而發其文，用納乎聖德，烈炳乎後人，斯非亞與！若乃伯夷抗行於首陽，柳惠降志於辱仕，顏潛樂於簞瓢，孔終篇於西狩，聲盈塞於天淵，真吾徒之師表也。且吾聞之：一陰一陽，天地之方；乃文乃質，王道之綱；有同有異，聖哲之常。故曰：愼脩所志，守爾天符，委命供己，味道之腴，神之聽之，名其舍諸！賓又不聞和氏之璧，韞於荊石，隋侯之珠，藏於蚌蛤乎？歷世莫眡，不知其將含景曜，吐英精，曠千載而流光也。應龍潛於潢汙，魚黿媟之，不覩其能奮靈德，合風雲，超忽荒而躆昊蒼也。故夫泥蟠而天飛者，應龍之神也；先賤而後貴者，和隋之珍也；時暗而久章者，君子之真也。若乃牙曠清耳於管絃，離婁眇目於毫分；逢蒙絶技於弧矢，般輸摧巧於斧斤；良樂軼能於相馭，烏獲抗力於千鈞；和鵲發精於鍼石，研桑心計於無垠。走亦不任厠技於彼列，故密爾自娛於斯文。」

【辭】

秋風辭一首并序

漢武帝

上行幸河東，祠后土，顧視帝京欣然，中流與群臣飲燕，上歡甚，乃自作《秋風辭》曰：

秋風起兮白雲飛，草木黃落兮鴈南歸。蘭有秀兮菊有芳，攜佳人兮不能忘。泛樓舡兮濟汾河，橫中流兮揚素波。簫鼓鳴兮發棹歌，歡樂極兮哀情多。少壯幾時兮奈老何！

歸去來一首并序

陶淵明

序曰：余家貧，又心憚遠役，彭澤縣去家百里，故便求之。及少日，眷然有歸與之情，自免去職。因事順心，命篇曰《歸去來》。

歸去來兮，田園將蕪胡不歸！既自以心爲形役，奚惆悵而獨悲。悟已往之不諫，知來者之可追。寔迷途其未遠，覺今是而昨非。舟遙遙以輕颺，風飄飄而吹衣。問征夫以前路，恨晨光之熹微。乃瞻衡宇，載欣載奔。僮僕歡迎，稚子候門。三逕

就荒，松菊猶存。攜幼入室，有酒盈罇。引壺觴以自酌，眄庭柯以怡顏。倚南窗以寄傲，審容膝之易安。園日涉以成趣，門雖設而常關。策扶老以流憩，時矯首而遐觀。雲無心以出岫，鳥倦飛而知還。景翳翳以將入，撫孤松而盤桓。

歸去來兮，請息交以絶游。世與我而相遺，復駕言兮焉求？悅親戚之情話，樂琴書以消憂。農人告余以春兮，將有事乎西疇。或命巾車，或棹孤舟。既窈窕以尋壑，亦崎嶇而經丘。木欣欣以向榮，泉涓涓而始流。善萬物之得時，感吾生之行休！已矣乎！寓形宇內復幾時，曷不委心任去留！胡爲遑遑欲何之？富貴非吾願，帝鄉不可期。懷良辰以孤往，或植杖而耘耔。登東皐以舒嘯，臨清流而賦詩。聊乘化以歸盡，樂夫天命復奚疑！

【序上】

毛詩序一首　卜子夏

《關雎》，後妃之德也，風之始也，所以風天下而正夫婦也。故用之鄉人焉，用之邦國焉。風，風也，教也。風以動之，教以化之。詩者，志之所之也。在心爲志，發言爲詩。情動於中而形於言，言之不足，故嗟嘆之；嗟嘆之不足，故永歌之；永歌之不足，不知手之舞之、足之蹈之也。情發於聲，聲成文謂之音。治世之音安以樂，其政和；亂世之音怨以怒，其政乖；亡國之音哀以思，其民困。故正得失，動天地，感鬼神，莫近於詩。先王以是經夫婦，成孝敬，厚人倫，美教化，移風俗。故詩有六義焉：一曰風，二曰賦，三曰比，四曰興，五曰雅，六曰頌。

上以風化下，下以風刺上，主文而譎諫，言之者無罪，聞之者足以戒，故曰風。至于王道衰，禮義廢，政教失，國異政，家殊俗，而變風變雅作矣。國史明乎得失之迹，傷人倫之廢，哀刑政之苛，吟詠情性，以風其上，達於事變，而懷其舊俗者也。故變風發乎情，止乎禮義。發乎情，民之性也；止乎禮義，先王之澤也。是以一國之事，繫一人之本，謂之風；言天下之事，形四方之風，謂之雅。雅者，正也，言王政之所由廢興也。政有小大，故有小雅焉，有大雅焉。頌者，美盛德之形容，以其成功告於神明者也。是謂四始，詩之志也。

然則《關雎》《麟趾》之化，王者之風，故繫之周公。南，言化自北而南也。《鵲

巢》《騶虞》之德，諸侯之風也，先王之所以教，故繫之召公。周南召南，正始之道，王化之基。是以關雎樂得淑女以配君子，憂在進賢，不淫其色，哀窈窕，思賢才，而無傷善之心焉，是《關雎》之義也。

尚書序一首

孔安國

古者伏犧氏之王天下也，始畫八卦，造書契，以代結繩之政，由是文籍生焉。伏羲神農黃帝之書，謂之三墳，言大道也。少昊顓頊高辛唐虞之書，謂之五典，言常道也。至于夏商周之書，雖設教不倫，雅誥奧義，其歸一揆。是故歷代寶之，以爲大訓。八卦之說，謂之八索，求其義也。九州之志，謂之九丘。丘，聚也。言九州所有，土地所生，風氣所宜，皆聚此書也。《春秋左氏傳》曰：楚左史倚相能讀三墳五典八索九丘，即謂上世帝王遺書也。先君孔子，生於周末，覩史籍之煩文，懼覽之者不一，遂乃定禮樂，明舊章，刪詩爲三百篇，約史記而修春秋，贊易道以黜八索，述職方以除九丘。討論墳典，斷自唐虞以下訖於周，芟夷煩亂，翦截浮辭，舉其宏綱，撮其機要，足以垂世立教。典謨訓誥誓命之文，凡百篇，所以恢弘至道，示人主以軌範也。帝王之制，坦然明白，可舉而行。三千之徒，並受其義。及秦始皇滅先代典籍，焚書坑儒，天下學士，逃難解散。我先人用藏其家書于屋壁。漢室龍興，開設學校，旁求儒雅，以闡大猷。濟南伏生，年過九十，失其本經，口以傳授，裁二十餘篇，以其上古之書，謂之尚書。百篇之義，世莫得聞。至魯共王好治宮室，壞孔子舊宅，以廣其居，於壁中得先人所藏古文虞夏商周之書，及傳論語孝經，皆科斗文字。王又升孔子堂，聞金石絲竹之音，乃不壞宅，悉以書還孔氏。科斗書廢已久，時人無能知者，以所聞伏生之書，考論文義，定其可知者，爲隸古定，更以竹簡寫之，增多伏生二十五篇。伏生又以舜典合於堯典，益稷合於皋陶謨，盤庚三篇合爲一，康王之誥合於顧命。復出此篇并序，凡五十九篇，爲四十六卷。其餘錯亂摩滅，不可復知，悉上送官，藏之書府，以待能者。承詔爲五十九篇作傳，於是遂研精覃思，博考經籍，採摭群言，以立訓傳，約文申義，敷暢厥旨，庶幾有補於將來。書序，序所以爲作者之意，昭然義見，宜相附近，故引之各冠其篇首。定五十八篇既畢，會國有巫蠱事，經籍道息，用不復以聞，傳之子孫，以貽後世。若好古博雅君子，與

我同志，亦所不隱也。

春秋左氏傳序一首

杜預

《春秋》者，魯史記之名也。記事者，以事繫日，以日繫月，以月繫時，以時繫年，所以紀遠近，別同異也。故史之所記，必表年以首事，年有四時，故錯舉以爲所記之名也。《周禮》有史官，掌邦國四方之事，達四方之志。諸侯亦各有國史，大事書之於策，小事簡牘而已。孟子曰：『楚謂之「檮杌」，晉謂之「乘」，而魯謂之「春秋」，其實一也。』韓宣子適魯，見《易象》與《魯春秋》，曰：『周禮盡在魯矣。吾乃今知周公之德，與周之所以王也。』韓子所見，蓋周之舊典禮經也。

周德既衰，官失其守，上之人不能使春秋昭明，赴告策書，諸所記注，多違舊章。仲尼因魯史策書成文，考其眞僞，而志其典禮，上以遵周公之遺制，下以明將來之法。其教之所存，文之所害，則刊而正之，以示勸誡。其餘皆卽用舊史，史有文質，辭有詳畧，不必改也。故《傳》曰：『其善志。』又曰：『非聖人孰能修之。』蓋周公之志，仲尼從而明之。

左丘明受經於仲尼，以爲經者不刊之書也。故《傳》或先經以始事，或後經以終義，或依經以辨理，或錯經以合異，隨義而發。其例之所重，舊史遺文，畧不盡舉，非聖人所修之要故也。身爲國史，躬覽載籍，必廣記而備言之。其文緩，其旨遠。將令學者原始要終，尋其枝葉，究其所窮，優而柔之，使自求之，饜而飫之，使自趨之。若江海之浸，膏澤之潤，渙然冰釋，怡然理順，然後爲得也。其發凡以言例，皆經國之常制，周公之垂法，史書之舊章，仲尼從而脩之，以成一經之通體。其微顯闡幽，裁成義類者，皆據舊例而發義，指行事以正褒貶。諸稱書不書先書故書不言不稱書曰之類，皆所以起新舊，發大義，謂之變例。然亦有史所不書，卽以爲義者，此蓋春秋新意，故《傳》不言凡，曲而暢之也。

其經無義例，因行事而言，則《傳》直言其歸趣而已，非例也。故發《傳》之體有三，而爲例之情有五。一曰微而顯，文見於此而義起在彼，稱族尊君命，舍族尊夫人，梁亡城緣陵之類是也。二曰志而晦，約言示制，推以知例，參會不地，與謀曰及之類是也。三曰婉而成章，曲從義訓，以示大順，諸所諱避，璧假許田之類是也。四

曰盡而不汙，直書其事，具文見意，丹楹刻桷，天王求車，齊侯獻捷之類是也。五曰懲惡而勸善，求名而亡，欲蓋而章，書齊豹盜三叛人名之類是也。推此五體以尋經、傳，觸類而長之，附于二百四十二年行事，王道之正，人倫之紀備矣。

或曰：《春秋》以錯文見義，若如所論，則經當有事同文異而無其義也。先儒所傳，皆不其然。荅曰：《春秋》雖以一字爲褒貶，然皆須數句以成言，非如八卦之爻，可錯綜爲六十四也，固當依《傳》以爲斷。古今言《左氏春秋》者多矣，今其遺文可見者十數家，大體轉相祖述，進不成爲錯綜經文以盡其變，退不守丘明之《傳》；於丘明之《傳》，有所不通，皆沒而不說，而更膚引《公羊》《穀梁》，適足自亂。預今所以爲異，專脩丘明之《傳》以釋經，經之條貫，必出於傳，傳之義例，總歸諸凡。推變例以正褒貶，簡二傳而去異端，蓋丘明之志也。其有疑錯，則備論而闕之，以俟後賢。然劉子駿創通大義，賈景伯父子、許惠卿，皆先儒之美者也。末有潁子嚴者，雖淺近亦復名家。故特舉劉、賈、許、潁之違，以見同異，分經之年與傳之年相附，比其義類，各隨而解之，名曰《經傳集解》。又別集諸例，及地名、譜第、歷數，相與爲部，凡四十部，十五卷，皆顯其異同，從而釋之，名曰《釋例》，將令學者觀其所聚異同之說，釋例詳之也。

或曰：《春秋》之作，《左傳》及《穀梁》無明文，說者以爲仲尼自衛反魯，修《春秋》，立素王，丘明爲素臣。言公羊者亦云黜周而王魯，危行言遜，以避當時之害，故微其文，隱其義。《公羊經》止獲麟，而《左氏經》終孔丘卒，敢問所安？荅曰：異乎余所聞。仲尼曰：『文王既沒，文不在茲乎？』此制作之本意也。歎曰：『鳳鳥不至，河不出圖，吾已矣夫！』蓋傷時王之政也。麟鳳五靈，王者之嘉瑞也，今麟出非其時，虛其應而失其歸，此聖人所以爲感也。絕筆於獲麟之一句者，所感而起，固所以爲終也。

曰：然《春秋》何始於魯隱公？荅曰：周平王，東周之始王也；隱公，讓國之賢君也。考乎其時則相接，言乎其位則列國，本乎其始則周公之祚胤也。若平王能祈天永命，紹開中興，隱公能弘宣祖業，光啓王室，則西周之美可尋，文武之跡不墜。是故因其歷數，附其行事，采周之舊，以會成王義，垂法將來。所書之王，即平

王也；所用之歷，即周正也；所稱之公，即魯隱也。安在其黜周而王魯乎？子曰：『如有用我者，吾其爲東周乎！』此其義也。若夫制作之文，所以彰往考來，情見乎辭，言高則旨遠，辭約則義微，此理之常，非隱之也。聖人包周身之防，既作之後，方復隱諱以避患，非所聞也。子路使門人爲臣，孔子以爲欺天，而云仲尼素王，丘明素臣，又非通論也。先儒以爲制作三年，文成致麟，既已妖妄，又引經以至仲尼卒，亦又近誣。據《公羊經》止獲麟，而左氏『小邾射』不在三叛之數，故余以爲感麟而作，作起獲麟，則文止於所起，爲得其實，至於反袂拭面，稱『吾道窮』，亦無取焉。

三都賦序一首

皇甫士安

玄晏先生曰：古人稱不歌而頌謂之賦。然則賦也者，所以因物造端，敷弘體理，欲人不能加也。引而申之，故文必極美；觸類而長之，故辭必盡麗。然則美麗之文，賦之作也。昔之爲文者，非苟尚辭而已，將以紐之王教，本乎勸戒也。自夏殷以前，其文隱沒，靡得而詳焉。周監二代，文質之體，百世可知。故孔子采萬國之風，正雅頌之名，集而謂之詩。詩人之作，雜有賦體。子夏序詩曰：一曰風，二曰賦。故知賦者，古詩之流也。

至于戰國，王道陵遲，風雅寖頓，於是賢人失志，辭賦作焉。是以孫卿屈原之屬，遺文炳然，辭義可觀。存其所感，咸有古詩之意，皆因文以寄其心，託理以全其制，賦之首也。及宋玉之徒，淫文放發，言過于實，誇競之興，體失之漸，風雅之則，於是乎乖。逮漢賈誼，頗節之以禮。自時厥後，綴文之士，不率典言，並務恢張，其文博誕空類。大者罩天地之表，細者入毫纖之內，雖充車聯駟，不足以載；廣夏接榱，不容以居也。其中高者，至如相如《上林》，楊雄《甘泉》，班固《兩都》，張衡《二京》，馬融《廣成》，王生《靈光》，初極宏侈之辭，終以約簡之制，煥乎有文，蔚爾鱗集，皆近代辭賦之偉也。若夫土有常產，俗有舊風，方以類聚，物以群分；而長卿之儔，過以非方之物，寄以中域，虛張異類，託有於無。祖構之士，雷同影附，流宕忘反，非一時也。

曩者漢室內潰，四海圮裂。孫劉二氏，割有交益；魏武撥亂，擁據函夏。故作

者先爲吳蜀二客，盛稱其本土險阻瓌琦，可以偏王，而却爲魏主述其都畿，弘敞豐麗，奄有諸華之意。言吳蜀以擒滅比亡國，而魏以交禪比唐虞，既已著逆順，且以爲鑒戒。蓋蜀包梁岷之資，吳割荊南之富，魏跨中區之衍，考分次之多少，計殖物之衆寡，比風俗之清濁，課士人之優劣，亦不可同年而語矣。二國之士，各沐浴所聞，家自以爲我土樂，人自以爲我民良，皆非通方之論也。作者又因客主之辭，正之以魏都，折之以王道，其物土所出，可得披圖而校。體國經制，可得按記而驗，豈誣也哉！

思歸引序一首

石季倫

余少有大志，夸邁流俗，弱冠登朝，歷位二十五年，五十以事去官。晚節更樂放逸，篤好林藪，遂肥遁於河陽別業。其制宅也，却阻長堤，前臨清渠，百木幾於萬株，流水周於舍下。有觀閣池沼，多養魚鳥。家素習技，頗有秦趙之聲。出則以游目弋釣爲事，入則有琴書之娛。又好服食咽氣，志在不朽，傲然有凌雲之操。欻復見牽，羈婆娑於九列；困於人間煩黷，常思歸而永歎。尋覽樂篇，有思歸引，儻

古人之情，有同於今，故制此曲。此曲有絃無歌，今爲作歌辭，以述余懷。恨時無知音者，令造新聲而播於絲竹也。

昭明文選卷四十六

【序下】

豪士賦序一首　陸士衡

夫立德之基有常，而建功之路不一。何則？循心以爲量者存乎我，因物以成務者繫乎彼。存夫我者，隆殺止乎其域；繫乎物者，豐約唯所遭遇。落葉俟微風以隕，而風之力蓋寡；孟嘗遭雍門而泣，而琴之感以末。何者？欲隕之葉，無所假烈風；將墜之泣，不足繁哀響也。是故苟時啓於天，理盡於民，庸夫可以濟聖賢之功，斗筲可以定烈士之業。故曰才不半古，而功已倍之，蓋得之於時勢也。歷觀古今，徼一時之功，而居伊周之位者有矣。夫我之自我，智士猶嬰其累；物之相物，昆蟲皆有此情。夫以自我之量，而挾非常之勳，神器暉其顧眄，萬物隨其俯仰，心翫居常之安，耳飽從諛之說，豈識乎功在身外，任出才表者哉！

且好榮惡辱，有生之所大期；忌盈害上，鬼神猶且不免；人主操其常柄，天下服其大節，故曰天可讎乎？而時有袨服荷戟，立于廟門之下，援旗誓衆，奮於阡陌之上。況乎代主制命，自下財物者哉！廣樹恩不足以敵怨，勤興利不足以補害，

故曰代大匠斲者，必傷其手。且夫政由甯氏，忠臣所爲慷慨；祭則寡人，人主所不久堪。是以君奭鞅鞅，不悅公旦之舉；高平師師，側目博陸之勢。而成王不遺嫌吝於懷，宣帝若負芒刺於背，非其然者與？嗟乎！光于四表，德莫富焉；王曰叔父，親莫昵焉。登帝大位，功莫厚焉；守節沒齒，忠莫至焉。而傾側顛沛，僅而自全，則伊生抱明允以嬰戮，文子懷忠敬而齒劍，固其所也。

因斯以言，夫以篤聖穆親，如彼之懿，大德至忠，如此之盛，尚不能取信於人主之懷，止謗於衆多之口，過此以往，惡覩其可！安危之理，斷可識矣。又況乎饕大名以冒道家之忌，運短才而易聖哲所難者哉！身危由於勢過，而不知去勢以求安；禍積起於寵盛，而不知辭寵以招福。見百姓之謀己，則申宮警守，以崇不畜之威；懼萬民之不服，則嚴刑峻制，以賈傷心之怨。然後威窮乎震主，而怨行乎上下，衆心日陊，危機將發，而方偃仰瞪眄，謂足以夸世，笑古人之未工，亡已事之已

拙，知曩動之可矜，暗成敗之有會。是以事窮運盡，必於顛仆；風起塵合，而禍至常酷也。聖人忌功名之過己，惡寵祿之逾量，蓋爲此也。

夫惡欲之大端，賢愚所共有，而游子殉高位於生前，志士思垂名於身後，受生之分，唯此而已。夫蓋世之業，名莫大焉；震主之勢，位莫盛焉；率意無違，欲莫順焉。借使伊人頗覽天道，知盡不可益，盈難久持，超然自引，高揖而退，則巍巍之盛，仰邈前賢，洋洋之風，俯冠來籍，而大欲不乏於身，至樂無愆乎舊，節彌效而德彌廣，身逾逸而名逾劭。此之不爲，彼之必昧，然後河海之跡堙爲窮流，一簣之疊積成山岳，名編凶頑之條，身厭荼毒之痛，豈不謬哉！故聊賦焉，庶使百世少有寤云。

三月三日曲水詩序一首

顏延年

夫方策既載，皇王之跡已殊；鐘石畢陳，舞詠之情不一。雖淵流遂往，詳略異聞，然其宅天衷，立民極，莫不崇尚其道，神明其位，拓世貽統，固萬葉而爲量者也。

有宋函夏，帝圖弘遠。高祖以聖武定鼎，規同造物；皇上以叡文承歷，景屬宸居。隆周之卜既永，宗漢之兆在焉。正體毓德於少陽，王宰宣哲於元輔。晷緯昭應，山瀆效靈。五方雜遝，四隩來暨。選賢建戚，則宅之於茂典；施命發號，必酌之於故實。大予協樂，上庠肆教。章程明密，品式周備。國容眂令而動，軍政象物而具。箴闕記言，校文講藝之官，采遺於内；輶車朱軒，懷荒振遠之使，論德于外。赬莖素毳，并柯共穗之瑞，史不絕書；棧山航海，逾沙軼漠之貢，府無虛月。烈燧千城，通驛萬里。穹居之君，内首稟朔；卉服之酋，回面受吏。是以異人慕響，俊民間出；警蹕清夷，表裏悅穆。將徙縣中宇，張樂岱郊。增類帝之宮，飭禮神之館，塗歌邑誦，以望屬車之塵者久矣。

日躔胃維，月軌青陸。皇祇發生之始，后王布和之辰，思對上靈之心，以惠庶萌之願。加以二王於邁，出餞戒告，有詔掌故，爰命司歷，獻洛飲之禮，具上巳之儀。南除輦道，北清禁林，左關巖隥，右梁潮源。略亭皐，跨芝廛，苑太液，懷曾山。松石峻垝，葱翠陰煙，游泳之所攢萃，翔驟之所往還。於是離宮設衛，別殿周徼，旌

門洞立，延帷接枑，閱水環階，引池分席。春官聯事，蒼靈奉塗。然後昇秘駕，胤緹騎，搖玉鸞，發流吹，天動神移，淵旋雲被，以降于行所，禮也。

既而帝暉臨幄，百司定列，鳳蓋俄軫，虹旗委旆。肴蔌芬藉，觴醳泛浮。妍歌妙舞之容，銜組樹羽之器。三奏四上之調，六莖九成之曲。競氣繁聲，合變爭節。龍文飾轡，青翰侍御。華裔殷至，觀聽騖集。揚袂風山，舉袖陰澤。靚莊藻野，袨服縟川。故以殷賑外區，煥衍都内者矣。上膺萬壽，下禔百福。匝筵稟和，闔堂依德。情盤景遽，歡洽日斜。金駕揔駟，聖儀載佇。悵鈞臺之未臨，慨酆宮之不縣。方且排鳳闕以高遊，開爵園而廣宴。並命在位，展詩發志。則夫誦美有章，陳信無愧者歟？

三月三日曲水詩序一首

王元長

臣聞出豫爲象，鈞天之樂張焉；時乘既位，御氣之駕翔焉。是以得一奉宸，逍遥襄城之域；體元則大，悵望姑射之阿。然窅眇寂寥，其獨適者已。至如夏后兩龍，載驅璿臺之上；穆滿八駿，如舞瑤水之陰；亦有饗云，固不與萬民共也。

我大齊之握機創歷，誕命建家，接禮貳宮，考庸太室。幽明獻期，雷風通饗，昭華之珍既徙，延喜之玉攸歸。革宋受天，保生萬國，度邑靜鹿丘之歎，遷鼎息大坰之慙。紹清和於帝猷，聯顯懿於王表。駿發開其遠祥，定爾固其洪業。皇帝體膺上聖，運鍾下武，冠五行之秀氣，邁三代之英風。昭章雲漢，暉麗日月，牢籠天地，彈壓山川。設神理以景俗，敷文化以柔遠。澤普汜而無私，法含弘而不殺。猶且具明廢寢，昃晷忘餐。念負重於春冰，懷御奔於秋駕。可謂巍巍弗與，蕩蕩誰名，秉靈圖而非泰，涉孟門其何嶮。儲后睿哲在躬，妙善居質，内積和順，外發英華，斧藻至德，琢磨令範，言炳丹青，道潤金璧。出龍樓而問豎，入虎闈而齒胄。愛敬盡於一人，光耀究於四海。若夫族茂麟趾，宗固磐石，跨掩昌姬，韜軼炎漢。元宰比肩於尚父，中鉉繼踵乎周南，分陝流勿翦之懽，來仕允克施之譽，莫不如珪如璋，令聞令望，朱芾斯皇，室家君王者也。

本枝之盛如此，稽古之政如彼，用能免群生於湯火，納百姓於休和，草萊樂業，守屏稱事。引鏡皆明目，臨池無洗耳。沈冥之怨既缺，邁軸之疾已消。興廉舉

孝，歲時於外府；署行議年，日夕於中甸。協律摠章之司，厚倫正俗；崇文成均之職，導德齊禮。挈壺宣夜，辯氣朔於靈臺；書笏珥彤，紀言事於仙室。褰帷斷裳，危冠空履之吏；彯搖武猛，扛鼎揭旗之士。勤恤民隱，糾逖王慝。射集隼於高墉，繳大風於長隧，不仁者遠，惟道斯行。讒莠蔑聞，攘爭掩息，稀鳴桴於砥路，鞠茂草於圓扉。耆年闕市井之游，稚齒豐車馬之好；宮鄰昭泰，荒憬清夷。侮食來王，左言入侍，離身反踵之君，髽首貫胸之長，屈膝厥角，請受纓縻。

文鉞碧砮之琛，奇幹善芳之賦，紈牛露犬之甿，乘黃茲白之駟，盈衍儲邸，充仞郊虞；匭牘相尋，鞮譯無曠。一尉候於西東，合車書於南北。暢轂埋轔轔之轍，綏旍卷悠悠之旆。四方無拂，五戎不距，偃革辭軒，銷金罷刃。天瑞降，地符升，澤馬來，器車出；紫脫華，朱英秀；佞枝植，歷草孳。雲潤星暉，風揚月至；江海呈象，龜龍載文。方握河沈璧，封山紀石，邁三五而不追，踐八九之遥跡。功既成矣，世既貞矣，信可以優游暇豫，作樂崇德者歟！

于時青鳥司開，條風發歲，粵上斯巳，惟暮之春。同律克和，樹草自樂。禊飲之日在茲，風舞之情咸蕩；去肅表乎時訓，行慶動於天矚。載懷平圃，乃睠芳林。芳林園者，福地奧區之湊，丹陵若水之舊。殷殷均乎姚澤，膴膴尚於周原。狹豐邑之未宏，陋譙居之猶褊。求中和而經處，揆景緯以裁基。飛觀神行，虛簷雲構。離房乍設，層樓間起，負朝陽而抗殿，跨靈沼而浮榮，鏡文虹於綺疏，浸蘭泉於玉砌。幽幽叢薄，秩秩斯干，曲拂邅迴，潺湲徑復。新萍泛沚，華桐發岫，雜夭采於柔荑，亂嚶聲於緜羽。禁軒承幸，清宮俟宴。緹帷宿置，帟幕宵懸。既而滅宿澄霞，登光辨色，式道執殳，展軨效駕，徐鑾警節，明鍾暢音。七萃連鑣，九斿齊軌，建旗拂霓，揚葭振木。魚甲煙聚，貝胄星羅。重英曲瑵之飾，絕景遺風之騎。昭灼甄部，駔駿函列，虎視龍超，雷駭電逝，轟轟隱隱，紛紛軫軫，羌難得而稱計。

爾乃迴輿駐罕，嶽鎮淵渟，睟容有穆，賓儀式序。授几肆筵，因流波而成次；蕙肴芳醴，任激水而推移。葆佾陳階，金匏在席，戚奏翹舞，籥動邠詩。召鳴鳥于弇州，追伶倫於嶰谷；發參差於王子，傳妙靡於帝江。正歌有闋，羽觴無筭。上陳景福之賜，下獻南山之壽；信凱宴之在藻，知和樂於食苹。桑榆之陰不居，草露之滋

方渥。有詔曰：今日嘉會，咸可賦詩。凡四十有五人，其辭云爾。

王文憲集序一首

任彥昇

公諱儉，字仲寶，琅邪臨沂人也。其先自秦至宋，國史家諜詳焉。晉中興以來，六世名德，海內冠冕。古語云：『仁人之利，天道運行。』故呂虔歸其佩刀，郭璞誓以淮水。若離翦之止殺，吉駿之誠感，蓋有助焉。

公之生也，誕授命世，體三才之茂，踐得二之機。信乃昴宿垂芒，德精降祉，有一于此，蔚爲帝師。況乃淵角殊祥，山庭異表；望衢罕窺其術，觀海莫際其瀾。宏覽載籍，博游才義。若乃金版玉匱之書，海上名山之旨；沈鬱澹雅之思，離堅合異之談。莫不總制清衷，遞爲心極。斯固通人之所包，非虛明之絕境，不可窮者，其唯神用者乎？然檢鏡所歸，人倫以表，雲屋天構，匠者何？自咸洛不守，憲章中輟。賀生達禮之宗，蔡公儒林之亞，闕典未補，大備茲日。至若齒危髮秀之老，含經味道之生，莫不北面人宗，自同資敬。性託夷遠，少屏塵雜，自非可以弘獎風流，增益標勝，未嘗留心。

期歲而孤，叔父司空簡穆公，早所器異。年始志學，家門禮訓，皆折衷於公。孝友之性，豈伊橋梓；夷雅之體，無待韋弦。汝郁之幼挺淳至，黃琬之早標聰察，曾何足尚？年六歲，襲封豫甯侯，拜日，家人以公尚幼，弗之先告。既襲珪組，對揚王命，因便感咽，若不自勝。初，宋明帝居蕃，與公母武康公主素不協。及即位，有詔廢毀舊塋，投棄棺柩。公以死固請，誓不遵奉，表啓酸切。義感人神。太宗聞而悲之，遂無以奪也。初拜秘書郎，遷太子舍人，以選尚公主，拜駙馬都尉。元徽初，遷秘書丞。於是采公曾之中經，刊弘度之四部，依劉歆《七略》，更撰《七志》。蓋嘗賦詩云：稷契匡虞夏，伊呂翼商周。自是始有應務之跡，生民屬心矣！時司徒袁粲，有高世之度，脫落塵俗。見公弱齡，便望風推服，歎曰：衣冠禮樂在是矣！時粲位亞台司，公年始弱冠，年勢不侔，公與之抗禮。因贈粲詩，要以歲暮之期，申以止足之戒。粲荅詩曰：老夫亦何寄？之子照清襟。

服闋，拜司徒右長史。出爲義興太守，風化之美，奏課爲最。還，除給事黃門侍郎，旬日，遷尚書吏部郎參選。昔毛玠之公清，李重之識會，兼之者公也。俄遷侍

中，以愍侯始終之職，固辭不拜。補太尉右長史。時聖武定業，肇基王命，寤寐風雲，實資人傑。是以宸居膺列宿之表，圖緯著王佐之符。俄遷左長史。齊臺初建，以公爲尚書右僕射，領吏部，時年二十八。宋末艱虞，百王澆季。禮紊舊宗，樂傾恒軌，自朝章國紀，典彝備物，奏議符策，文辭表記，素意所不蓄，前古所未行，皆取定俄頃，神無滯用。

太祖受命，以佐命之功，封南昌縣開國公，食邑二千户。建元二年，遷尚書左僕射，領選如故。自營部分司，盧欽兼掌，譽望所歸，允集茲日。尋表解選，詔加侍中，又授太子詹事，侍中僕射如故。固辭侍中，改授散騎常侍，餘如故。太祖崩，遺詔以公爲侍中尚書令鎮國將軍。永明元年，進號衛將軍。二年，以本官領丹陽尹。六輔殊風，五方異俗。公不謀聲訓，而楚夏移情。故能使解劍拜仇，歸田息訟。前郡尹溫太真劉真長，或功銘鼎彝，或德標素尚，臭味風雲，千載無爽。親加弔祭，表薦孤遺，遠協神期，用彰世祀。時簡穆公薨，以撫養之恩，特深恒慕，表求解職，有詔不許。

國學初興，華夷慕義，經師人表，允資望實。復以本官領國子祭酒，三年，解丹陽尹，領太子少傅，餘悉如故。掛服捐駒，前良取則，卧轍棄子，後予胥怨。皇太子不矜天姿，俯同人範，師友之義，穆若金蘭。又領本州大中正，頃之解職。四年，以本號開府儀同三司，餘悉如故。謙光愈遠，大典未申。六年，又申前命，七年，固辭選任，帝所重違，詔加中書監，猶參掌選事。長輿追專車之恨，公曾甘鳳池之失。

夫奔競之塗，有自來矣。以難知之性，恊易失之情，必使無訟，事深弘誘。公提衡惟允，一紀于茲，拔奇取異，興微繼絕。望側階而容賢，候景風而式典。春秋三十有八，七年五月三日，薨于建康官舍。皇朝軫慟，儲鉉傷情。有識銜悲，行路掩泣。豈直春者不相，工女寢機而已哉！故以痛深衣冠，悲纏教義，豈非功深砥礪，道邁舟航？沒世遺愛，古之益友。追贈太尉，侍中中書監如故。給節，加羽葆鼓吹，增班劒六十人，謚曰文憲，禮也。

公在物斯厚，居身以約。翫好絶於耳目，布素表於造次。室無姬姜，門多長者。立言必雅，未嘗顯其所長；持論從容，未嘗言人所短。弘長風流，許與氣類，雖單

門後進，必加善誘；昜以丹霄之價，弘以青冥之期。公銓品人倫，各盡其用，居厚者不矜其多，處薄者不怨其少。窮涯而反，盈量知歸。皇朝以治定制禮，功成作樂，思我民譽，緝熙帝圖。雖張曹爭論於漢朝，荀摯競爽於晉世，無以仰摸淵旨，取則後昆。每荒服請罪，遠夷慕義，宣威授指，寔寄宏略。理積則神無忤往，事感則悅情斯來。無是己之心，事隔於容諂；罕愛憎之情，理絶於毀譽。造理常若可干，臨事每不可奪；約己不以廉物，弘量不以容非。攻乎異端，歸之正義。

公生自華宗，世務簡隔，至於軍國遠圖，刑政大典，既道在廊廟，則理擅民宗。若乃明練庶務，鑒達治體，懸然天得，不謀成心。求之載籍，翰牘所未紀；訊之遺老，耳目所不接。至若文案自環，主者百數，皆深文爲吏，積習成奸，蓄筆削之刑，懷輕重之意。公乘理照物，動必研機。當時嗟服，若有神道。豈非希世之雋民，瑚璉之宏器？

昉行無異操，才無異能，得奉名節，迄將一紀。一言之譽，東陵侔於西山；一眄之榮，鄭璞逾於周寶。士感知己，懷此何極！出入禮闈，朝夕舊館，瞻棟宇而興慕，撫身名而悼恩。公自幼及長，述作不倦。固以理窮言行，事該軍國，豈直彫章縟采而已哉？若乃統體必善，綴賞無地，雖楚趙群才，漢魏衆作，曾何足云！曾何足云！昉嘗以筆札見知，思以薄技效德，是用綴緝遺文，永貽世範。爲如干秩，如干卷。所撰古今集記今書七志，爲一家言，不列於集。集録如左。

昭明文選卷四十七

【頌】

聖主得賢臣頌一首

王子淵

夫荷旃被毳者，難與道純緜之麗密；羹藜唅糗者，不足與論太牢之滋味。今臣僻在西蜀，生於窮巷之中，長於蓬茨之下，無有游觀廣覽之知，顧有至愚極陋之累，不足以塞厚望，應明旨。雖然，敢不略陳愚心，而杼情素！

記曰：恭惟春秋法五始之要，在乎審己正統而已。夫賢者，國家之器用也。所任賢，則趨舍省而功施普；器用利，則用力少而就效眾。故工人之用鈍器也，勞筋苦骨，終日矻矻。及至巧冶鑄干將之璞，清水淬其鋒，越砥斂其鍔，水斷蛟龍，陸剸犀革，忽若篲氾畫塗。如此則使離婁督繩，公輸削墨，雖崇臺五層，延袤百丈而不溷者，工用相得也。庸人之御駑馬，亦傷吻弊筴而不進於行，胸喘膚汗，人極馬倦。及至駕齧膝，驂乘旦，王良執靶，韓哀附輿，縱騁馳騖，忽如影靡，過都越國，蹶如歷塊；追奔電，逐遺風，周流八極，萬里一息。何其遼哉！人馬相得也。故服絺綌之涼者，不苦盛暑之鬱燠；襲狐貉之暖者，不憂至寒之悽愴。何則？有其具者易其備。賢人君子，亦聖王之所以易海內也。是以嘔喻受之，開寬裕之路，以延天下之英俊也。夫竭智附賢者，必建仁策；索人求士者，必樹伯迹。昔周公躬吐握之勞，故有圄空之隆；齊桓設庭燎之禮，故有匡合之功。由此觀之，君人者勤於求賢而逸於得人。

人臣亦然。昔賢者之未遭遇也，圖事揆策，則君不用其謀；陳見悃誠，則上不然其信。進仕不得施效，斥逐又非其愆。是故伊尹勤於鼎俎，太公困於鼓刀，百里自鬻，甯戚飯牛，離此患也。及其遇明君、遭聖主也，運籌合上意，諫諍則見聽，進退得關其忠，任職得行其術，去卑辱奧渫而升本朝，離蔬釋蹻而享膏粱，剖符錫壤，而光祖考，傳之子孫，以資說士。故世必有聖智之君，而後有賢明之臣。虎嘯而谷風冽，龍興而致雲氣，蟋蟀俟秋吟，蜉蝣出以陰。《易》曰：『飛龍在天，利見大人。』《詩》曰：『思皇多士，生此王國。』故世平主聖，俊乂將自至，若堯舜禹湯文武

之君，獲稷契皐陶伊尹呂望之臣，明明在朝，穆穆列布，聚精會神，相得益章。雖伯牙操遞鐘，蓬門子彎烏號，猶未足以喻其意也。

故聖主必待賢臣而弘功業，俊士亦俟明主以顯其德。上下俱欲，懽然交欣，千載一會，論說無疑。翼乎如鴻毛遇順風，沛乎若巨魚縱大壑。其得意如此，則胡禁不止，曷令不行？化溢四表，横被無窮，遐夷貢獻，萬祥必臻。是以聖主不遍窺望而視已明，不殫傾耳而聽已聰。恩從祥風翱，德與和氣游，太平之責塞，優游之望得。遵游自然之勢，恬淡無爲之場。休徵自至，壽考無疆，雍容垂拱，永永萬年。何必偃仰詘信若彭祖，呴噓呼吸如喬松，眇然絕俗離世哉！《詩》曰：『濟濟多士，文王以寧。』蓋信乎其以寧也！

趙充國頌一首

楊子雲

明靈惟宣，戎有先零。先零猖狂，侵漢西疆。漢命虎臣，惟後將軍。整我六師，是討是震。既臨其域，諭以威德。有守矜功，謂之弗克。請奮其旅，于罕之羌。天子命我，從之鮮陽。營平守節，屢奏封章。料敵制勝，威謀靡亢。遂克西戎，還師于京。鬼方賓服，罔有不庭。昔周之宣，有方有虎。詩人歌功，乃列于雅。在漢中興，充國作武。赳赳桓桓，亦紹厥後。

出師頌一首

史孝山

茫茫上天，降祚有漢。兆基開業，人神攸贊。五曜霄映，素靈夜歎。皇運來授，萬寶增煥。歷紀十二，天命中易。西零不順，東夷遘逆。乃命上將，授以雄戟。桓桓上將，寔天所啓。允文允武，明詩悅禮。憲章百揆，爲世作楷。昔在孟津，惟師尚父，素旄一麾，渾一區宇。蒼生更始，朔風變楚。薄伐獫狁，至于太原。詩人歌之，猶歎其艱。況我將軍，窮城極邊。鼓無停響，旗不蹔褰。澤霑遐荒，功銘鼎鉉。我出我師，于彼西疆。天子餞我，路車乘黃。言念伯舅，恩深渭陽。介珪既削，列壤酬勳。今我將軍，啓土上郡。傳子傳孫，顯顯令問。

酒德頌一首

劉伯倫

有大人先生，以天地爲一朝，萬期爲須臾。日月爲扃牖，八荒爲庭衢。行無轍跡，居無室廬。幕天席地，縱意所如。止則操卮執觚，動則挈榼提壺。唯酒是務，焉

知其餘。有貴介公子，搢紳處士。聞吾風聲，議其所以。乃奮袂攘襟，怒目切齒。陳說禮法，是非鋒起。先生於是方捧甖承槽，銜杯漱醪。奮髯踑踞，枕麴藉糟。無思無慮，其樂陶陶。兀然而醉，豁爾而醒。靜聽不聞雷霆之聲，熟視不覩泰山之形。不覺寒暑之切肌，利欲之感情。俯觀萬物擾擾，焉如江漢之載浮萍。二豪侍側，焉如蜾蠃之與螟蛉。

漢高祖功臣頌一首

陸士衡

相國鄭文終侯沛蕭何，相國平陽懿侯沛曹參，太子少傅留文成侯韓張良，丞相曲逆獻侯陽武陳平，楚王淮陰韓信，梁王昌邑彭越，淮南王六黥布，趙景王大梁張耳，韓王韓信，燕王豐盧綰，長沙文王吳芮，荊王沛劉賈，太傅安國懿侯王陵，左丞相絳武侯沛周勃，相國舞陽侯沛樊噲，右丞相曲周景侯高陽酈商，太僕汝陰文侯沛夏侯嬰，丞相潁陰懿侯睢陽灌嬰，代丞相陽陵景侯魏傅寬，車騎將軍信武肅侯靳歙，大行廣野君高陽酈食其，中郎建信侯齊劉敬，太中大夫楚陸賈，太子太傅稷嗣君薛叔孫通、魏無知，護軍中尉隨何，新成三老董公、轅生，將軍紀信，御史大夫沛周苛，平國君侯公，右三十一人，與定天下安社稷者也。頌曰：

芒芒宇宙，上墋下黷。波振四海，塵飛五岳。九服徘徊，三靈改卜。赫矣高祖，肇載天禄。沈跡中鄉，飛名帝録。慶雲應輝，皇階授木。龍興泗濵，虎嘯豐谷。彤雲晝聚，素靈夜哭。金精仍頽，朱光以渥。萬邦宅心，駿民效足。

堂堂蕭公，王跡是因。綢繆叡后，無競維人。外濟六師，内撫三秦。拔奇夷難，邁德振民。體國垂制，上穆下親。名蓋群后，是謂宗臣。

平陽樂道，在變則通。爰淵爰嘿，有此武功。長驅河朔，電擊壤東。協策淮陰，亞跡蕭公。

文成作師，通幽洞冥。永言配命，因心則靈。窮神觀化，望影揣情。鬼無隱謀，物無遯形。武關是闢，鴻門是寧。隨難滎陽，即謀下邑。銷印惎廢，推齊勸立。運籌固陵，定策東襲。三王從風，五侯允集。霸楚寔喪，皇漢凱入。怡顏高覽，彌翼鳳戢。託跡黃老，辭世却粒。

曲逆宏達，好謀能深。遊精杳漠，神跡是尋。重玄匪奧，九地匪沈。伐謀先兆，

擠響于音。奇謀六奮，嘉慮四迴。規主于足，離項于懷。格人乃謝，楚翼寔摧。韓王窘執，胡馬洞開。迎文以謀，哭高以哀。

灼灼淮陰，靈武冠世。策出無方，思入神契。奮臂雲興，騰跡虎噬。凌險必夷，摧剛則脆。肇謀漢濵，還定渭表。京索既扼，引師北討。濟河夷魏，登山滅趙。威亮火烈，勢逾風掃。拾代如遺，偃齊猶草。二州肅清，四邦咸舉。乃眷北燕，遂表東海。克滅龍且，爰取其旅。劉項懸命，人謀是與。念功惟德，辭通絕楚。彭越觀時，弢跡匿光。人具爾瞻，翼爾鷹揚。威凌楚域，質委漢王。靖難河濟，即宮舊梁。烈烈黥布，眈眈其眄。名冠彊楚，鋒猶駭電。覩幾蟬蛻，悟主革面。肇彼梟風，翻爲我扇。天命方輯，王在東夏。矯矯三雄，至于垓下。元凶既夷，寵禄來假。保大全祚，非德孰可？謀之不臧，舍福取禍。

張耳之賢，有聲梁魏。士也罔極，自詒伊愧。俯思舊恩，仰察五緯。脫跡違難，披榛來洎。改策西秦，報辱北冀。悴葉更輝，枯條以肄。

王信韓孽，宅土開疆。我圖爾才，越遷晉陽。盧綰自微，婉孌我皇。跨功逾德，祚爾煇章。人之貪禍，寧爲亂亡。

吴芮之王，祚由梅鋗。功微勢弱，世載忠賢。

肅肅荆王，董我三軍。我圖四方，殷薦其勳。庸親作勞，舊楚是分。往踐厥宇，大啓淮墳。

安國違親，悠悠我思。依依哲母，既明且慈。引身伏劍，永言固之。淑人君子，實邦之基。義形於色，憤發于辭。主亡與亡，末命是期。

絳侯質木，多略寡言。曾是忠勇，惟帝攸歎。雲騖靈丘，景逸上蘭。平代禽狶，奄有燕韓。寧亂以武，斃吕以權。滌穢紫宮，徵帝太原。實惟太尉，劉宗以安。挾功震主，自古所難。勳耀上代，身終下藩。

舞陽道迎，延帝幽藪。宣力王室，匪惟厥武。揔干鴻門，披闥帝宇。聳顔誚項，掩淚悟主。

曲周之進，于其哲兄。俾率爾徒，從王于征。振威龍蛻，攄武庸城。六師寔因，克荼禽黥。

猗歟汝陰，綽綽有裕。戎軒肇迹，荷策來附。馬煩轡殆，不釋擁樹。皇儲時乂，平城有謀。

潁陰銳敏，屢爲軍鋒。奮戈東城，禽項定功。乘風藉響，高步長江。收吳引淮，光啓于東。

陽陵之勳，元帥是承。信武薄伐，揚節江陵。夷王殄國，俾亂作懲。

恢恢廣野，誕節令圖。進謁嘉謀，退守名都。東窺白馬，北距飛狐。即倉敖庾，據險三塗。輶軒東踐，漢風載徂。身死于齊，非說之辜。我皇寔念，言祚爾孤。

建信委輅，被褐獻寶。指明周漢，銓時論道。移帝伊洛，定都酆鎬。柔遠鎮邇，寔敬攸考。

抑抑陸生，知言之貫。往制勁越，來訪皇漢。附會平勃，夷凶翦亂。所謂伊人，邦家之彥。

百王之極，舊章靡存。漢德雖朗，朝儀則昏。稷嗣制禮，下肅上尊。穆穆帝典，煥其盈門。風睎三代，憲流後昆。

無知叡敏，獨昭奇迹。察倖蕭相，貺同師錫。

隨何辯達，因資於敵。紓漢披楚，唯生之績。

皤皤董叟，謀我平陰。三軍縞素，天下歸心。

袁生秀朗，沈心善照。漢旆南振，楚威自撓。大略淵回，元功響效。邈哉惟人，何識之妙。

紀信誑項，軺軒是乘。攝齊赴節，用死孰懲。身與煙消，名與風興。周苛慷慨，心若懷冰。刑可以暴，志不可淩。貞軌偕沒，亮迹雙升。帝疇爾庸，後嗣是膺。

天地雖順，王心有違。懷親望楚，永言長悲。侯公伏軾，皇媼來歸。是謂平國，寵命有輝。

震風過物，清濁效響。大人于興，利在攸往。弘海者川，崇山惟壤。韶護錯音，袞龍比象。明明衆哲，同濟天網。劍宣其利，鑒獻其朗。文武四充，漢祚克廣。悠悠遐風，千載是仰。

【贊】

東方朔畫贊一首 并序

夏侯孝若

大夫諱朔，字曼倩，平原厭次人也。魏建安中，分厭次以爲樂陵郡，故又爲郡人焉。事漢武帝，《漢書》具載其事。

先生瓌瑋博達，思周變通，以爲濁世不可以富貴也，故薄遊以取位；苟出不可以直道也，故頡頏以傲世。傲世不可以垂訓也，故正諫以明節。明節不可以久安也，故詼諧以取容。潔其道而穢其迹，清其質而濁其文。弛張而不爲邪，進退而不離群。若乃遠心曠度，贍智宏材。倜儻博物，觸類多能。合變以明筭，幽贊以知來。自三墳五典，八索九丘，陰陽圖緯之學，百家衆流之論，周給敏捷之辯，支離覆逆之數。經脉藥石之藝，射御書計之術。乃研精而究其理，不習而盡其功，經目而諷於口，過耳而闇於心。夫其明濟開豁，包含弘大，淩轢卿相，嘲哂豪桀，籠罩靡前，跆籍貴勢，出不休顯，賤不憂戚，戲萬乘若寮友，視儔列如草芥。雄節邁倫，高氣蓋世，可謂拔乎其萃，遊方之外者已。

談者又以先生嘘吸冲和，吐故納新；蟬蛻龍變，棄俗登仙；神交造化，靈爲星辰。此又奇怪惚恍，不可備論者也。

大人來守此國，僕自京都言歸定省，覩先生之縣邑，想先生之高風；徘徊路寢，見先生之遺像；逍遥城郭，觀先生之祠宇。慨然有懷，乃作頌焉。其辭曰：

矯矯先生，肥遯居貞。退不終否，進亦避榮。臨世濯足，希古振纓。涅而無滓，既濁能清。無滓伊何，高明克柔。能清伊何，視汙若浮。樂在必行，處淪罔憂。跨世淩時，遠蹈獨游。瞻望往代，爰想遐蹤。邈邈先生，其道猶龍。染迹朝隱，和而不同。棲遲下位，聊以從容。

我來自東，言適茲邑。敬問墟墳，企佇原隰，墟墓徒存，精靈永戢。民思其軌，祠宇斯立。徘徊寺寢，遺像在圖。周旋祠宇，庭序荒蕪。榱棟傾落，草萊弗除。肅肅先生，豈焉是居？是居弗形，悠悠我情。昔在有德，罔不遺靈。天秩有禮，神監孔明。彷彿風塵，用垂頌聲。

三國名臣序贊一首

袁彥伯

夫百姓不能自治，故立君以治之；明君不能獨治，則爲臣以佐之。然則三五迭隆，歷世承基，揖讓之與干戈，文德之與武功，莫不宗匠陶鈞而群才緝熙，元首經略而股肱肆力。遭離不同，迹有優劣。至於體分冥固，道契不墜；風美所扇，訓革千載，其揆一也。故二八升而唐朝盛，伊呂用而湯武寧，三賢進而小白興，五臣顯而重耳霸。中古陵遲，斯道替矣。居上者不以至公理物，爲下者必以私路期榮；御圓者不以信誠率衆，執方者必以權謀自顯。於是君臣離而名教薄，世多亂而時不治。故蘧甯以之卷舒，柳下以之三黜，接輿以之行歌，魯連以之赴海。衰世之中，保持名節，君臣相體，若合符契。則燕昭樂毅，古之流也。夫未遇伯樂，則千載無一驥。時值龍顏，則當年控三傑。漢之得材，於斯爲貴。高祖雖不以道勝御物，群下得盡其忠；蕭曹雖不以三代事主，百姓不失其業。靜亂庇人，抑亦其次。

夫時方顛沛，則顯不如隱；萬物思治，則默不如語。是以古之君子，不患弘道難，遭時難；遭時匪難，遇君難。故有道無時，孟子所以咨嗟；有時無君，賈生所以垂泣。夫萬歲一期，有生之通塗；千載一遇，賢智之嘉會。遇之不能無欣，喪之何能無慨？古人之言，信有情哉！余以暇日，常覽國志，考其君臣，比其行事，雖道謝先代，亦異世一時也。

文若懷獨見之明，而有救世之心，論時則民方塗炭，計能則莫出魏武。故委面霸朝，豫議世事。舉才不以標鑒，故久之而後顯；籌畫不以要功，故事至而後定。雖亡身明順，識亦高矣！

董卓之亂，神器遷逼，公達慨然，志在致命。由斯而談，故以大存名節。至如身爲漢隸，而迹入魏幕，源流趣舍，其亦文若之謂。所以存亡殊致，始終不同，將以文若既明，名教有寄乎？夫仁義不可不明，則時宗舉其致；生理不可不全，故達識攝其契。相與弘道，豈不遠哉！

崔生高朗，折而不撓，所以策名魏武，執笏霸朝者，蓋以漢主當陽，魏后北面者哉！若乃一旦進璽，君臣易位，則崔子所不與，魏武所不容。夫江湖所以濟舟，亦所以覆舟；仁義所以全身，亦所以亡身。然而先賢玉摧於前，來哲攘袂於後，豈

非天懷發中，而名教束物者乎？

孔明盤桓，俟時而動，遐想管樂，遠明風流。治國以禮，民無怨聲，刑罰不濫，沒有餘泣。雖古之遺愛，何以加茲！及其臨終顧託，受遺作相，劉后授之無疑心，武侯處之無懼色，繼體納之無貳情，百姓信之無異辭，君臣之際，良可詠矣！公瑾卓爾，逸志不群。總角料主，則素契於伯符；晚節曜奇，則叁分於赤壁。惜其齡促，志未可量。

子布佐策，致延譽之美，輟哭止哀，有翼戴之功。神情所涉，豈徒蹇愕而已哉！然而杜門不用，登壇受譏。夫一人之身，所照未異，而用舍之間，俄有不同，況沈迹溝壑，遇與不遇者乎？

夫詩頌之作，有自來矣。或以吟詠情性，或以述德顯功，雖大旨同歸，所託或乖，若夫出處有道，名體不滯，風軌德音，爲世作範，不可廢也。故復撰序所懷，以爲之贊云。

魏志九人，蜀志四人，吳志七人。荀彧字文若，諸葛亮字孔明，周瑜字公瑾，荀攸字公達，龐統字士元，張昭字子布，袁煥字曜卿，蔣琬字公琰，魯肅字子敬，崔琰字季珪，黃權字公衡，諸葛瑾字子瑜，徐邈字景山，陸遜字伯言，陳群字長文，顧雍字元歎，夏侯玄字泰初，虞翻字仲翔，王經字承宗，陳泰字玄伯。

火德既微，運纏大過。洪飇扇海，二溟揚波。虬虎雖驚，風雲未和。潛魚擇淵，高鳥候柯。赫赫三雄，並迴乾軸。競收杞梓，爭采松竹。鳳不及棲，龍不暇伏。谷無幽蘭，嶺無亭菊。

英英文若，靈鑒洞照。應變知微，探賾賞要。日月在躬，隱之彌曜。文明映心，鑽之愈妙。滄海橫流，玉石同碎。達人兼善，廢己存愛。謀解時紛，功濟宇內。始救生人，終明風概。

公達潛朗，思同蓍蔡。運用無方，動攝群會。爰初發迹，遘此顛沛。神情玄定，處之彌泰。愔愔幕裏，筭無不經。亹亹通韻，迹不暫停。雖懷尺璧，顧哂連城。知能拯物，愚足全生。

郎中溫雅，器識純素。貞而不諒，通而能固。恂恂德心，汪汪軌度。志成弱冠，

道數歲暮。仁者必勇，德亦有言。雖遇履虎，神氣恬然。行不脩飾，名迹無愆。操不激切，素風愈鮮。

邈哉崔生，體正心直。天骨疏朗，牆宇高嶷。忠存軌迹，義形風色。思樹芳蘭，剪除荊棘。人惡其上，時不容哲。琅琅先生，雅杖名節。雖遇塵霧，猶振霜雪。運極道消，碎此明月。

景山恢誕，韻與道合。形器不存，方寸海納。和而不同，通而不雜。遇醉忘辭，在醒貽荅。

長文通雅，義格終始。思戴元首，擬伊同恥。民未知德，懼若在己，嘉謀肆庭，讜言盈耳。玉生雖麗，光不踰把。德積雖微，道映天下。

淵哉泰初，宇量高雅。器範自然，標准無假。全身由直，迹洿必僞。處死匪難，理存則易。萬物波蕩，孰任其累？六合徒廣，容身靡寄。君親自然，匪由名教。敬授既同，情禮兼到。烈烈王生，知死不撓。求仁不遠，期在忠孝。玄伯剛簡，大存名體。志在高構，增堂及陛。端委虎門，正言彌啓。臨危致命，盡其心禮。

堂堂孔明，基宇宏邈。器同生民，獨稟先覺。標榜風流，遠明管樂。初九龍盤，雅志彌確。百六道喪，干戈迭用。苟非命世，孰掃雰雺？宗子思寧，薄言解控。釋褐中林，鬱爲時棟。

士元弘長，雅性內融。崇善愛物，觀始知終。喪亂備矣，勝塗未隆。先生標之，振起清風。綢繆哲后，無妄惟時。夙夜匪懈，義在緝熙。三略既陳，霸業已基。

公琰殖根，不忘中正。豈曰摸擬，實在雅性。亦既羈勒，負荷時命。推賢恭己，久而可敬。

公衡仲達，秉心淵塞。媚茲一人，臨難不惑。疇昔不造，假翮鄰國。進能徽音，退不失德。六合紛紜，民心將變。鳥擇高梧，臣須顧眄。

公瑾英達，朗心獨見。披草求君，定交一面。桓桓魏武，外託霸迹。志掩衡霍，恃戰忘敵。卓卓若人，曜奇赤壁。三光參分，宇宙暫隔。

子布擅名，遭世方擾。撫翼桑梓，息肩江表。王略威夷，吳魏同寳。遂獻宏謨，匡此霸道。桓王之薨，大業未純。把臂託孤，惟賢與親。輟哭止哀，臨難忘身。成

此南面，寔由老臣。才爲世出，世亦須才。得而能任，貴在無猜。

昂昂子敬，拔迹草萊。荷檐吐奇，乃構雲臺。

子瑜都長，體性純懿。諫而不犯，正而不毅。將命公庭，退忘私位。豈無鶺鴒，固慎名器。

伯言蹇蹇，以道佐世。出能勤功，入能獻替。謀寧社稷，解紛挫鋭。正以招疑，忠而獲戾。

元歎穆遠，神和形檢。如彼白珪，質無塵玷。立上以恒，匡上以漸。清不增潔，濁不加染。

仲翔高亮，性不和物。好是不群，折而不屈。屢摧逆鱗，直道受黜。歎過孫陽，放同賈屈。

詵詵衆賢，千載一遇。整轡高衢，驤首天路。仰揖玄流，俯弘時務。名節殊塗，雅致同趣。日月麗天，瞻之不墜。仁義在躬，用之不匱。尚想重暉，載挹載味。後生擊節，懦夫增氣。

昭明文選卷四十八

【符命】

封禪文一首

司馬長卿

伊上古之初肇，自昊穹兮生民。歷選列辟，以迄於秦。率邇者踵武，逖聽者風聲。紛綸威蕤，湮滅而不稱者，不可勝數。繼韶夏，崇號謚，略可道者，七十有二君。罔若淑而不昌，疇逆失而能存？

軒轅之前，遐哉邈乎，其詳不可得聞已。五三六經載籍之傳，維風可觀也。《書》曰：『元首明哉！股肱良哉！』因斯以談，君莫盛於唐堯，臣莫賢於后稷。后稷創業於唐堯，公劉發迹於西戎，文王改制，爰周郅隆，大行越成，而後陵遲衰微，千載亡聲，豈不善始善終哉！然無異端，慎所由於前，謹遺教於後耳。故軌迹夷易，易遵也；湛恩厖鴻，易豐也；憲度著明，易則也；垂統理順，易繼也。是以業隆於繈緥而崇冠於二后。揆厥所元，終都攸卒，未有殊尤絕迹可考於今者也。然猶躡梁父，登泰山，建顯號，施尊名。大漢之德，逢涌原泉，沕潏曼羨，旁魄四塞，雲布霧散，上暢九垓，下溯八埏。懷生之類，沾濡浸潤，協氣橫流，武節猋逝，邇陜遊原，遐闊泳沫，首惡鬱沒，晻昧昭晰，昆蟲闓澤，迴首面內。然後囿騶虞之珍群，徼麋鹿之怪獸，導一莖六穗於庖，犧雙觡共柢之獸，獲周餘珍，放龜于岐，招翠黃乘龍於沼。鬼神接靈圉，賓於閒館。奇物譎詭，俶儻窮變。欽哉，符瑞臻茲，猶以爲德薄，不敢道封禪。蓋周躍魚隕航，休之以燎。微夫此之爲符也，以登介丘，不亦恧乎！進讓之道，何其爽歟？

於是大司馬進曰：『陛下仁育群生，義征不譓，諸夏樂貢，百蠻執贄，德侔往初，功無與二，休烈浹洽，符瑞衆變，期應紹至，不特創見。意泰山梁甫設壇場望幸，蓋號以況榮，陛下謙讓而弗發。挈三神之歡，缺王道之儀，群臣恧焉。或曰：且天爲質闇，示珍符，固不可辭；若然辭之，是泰山靡記而梁甫罔幾也。亦各並時而榮，咸濟厥世而屈，說者尚何稱於後，而云七十二君哉。夫修德以錫符，奉命以行事，不爲進越也。故聖王不替，而修禮地祇，謁款天神，勒功中嶽，以章至尊，舒盛

德，發號榮，受厚福，以浸黎元。皇皇哉此天下之壯觀，王者之卒業，不可貶也。願陛下全之。而後因雜搢紳先生之略術，使獲燿日月之末光絕炎，以展寀錯事。猶兼正列其義，祓飾厥文，作春秋一藝。將襲舊六爲七，攄之亡窮，俾萬世得激清流，揚微波，蜚英聲，騰茂實。前聖所以永保鴻名，而常爲稱首者用此。宜命掌故，悉奏其儀而覽焉。」

於是天子俙然改容，曰：『俞乎，朕其試哉！』乃遷思迴慮，總公卿之議，詢封禪之事，詩大澤之博，廣符瑞之富。遂作頌曰：

自我天覆，雲之油油。甘露時雨，厥壤可遊。滋液滲漉，何生不育！嘉穀六穗，我穡曷蓄？

非惟雨之，又潤澤之。非惟遍之我，氾布護之。萬物熙熙，懷而慕思。名山顯位，望君之來。君乎君乎，侯不邁哉！

般般之獸，樂我君圃。白質黑章，其儀可嘉。旼旼穆穆，君子之態。蓋聞其聲，今親其來。厥塗靡從。天瑞之徵。茲亦於舜，虞氏以興。

濯濯之麟，遊彼靈畤。孟冬十月，君徂郊祀。馳我君輿，帝用享祉。三代之前，蓋未嘗有。

宛宛黃龍，興德而升。采色炫燿，煥炳煇煌。正陽顯見，覺悟黎蒸。於傳載之，云受命所乘。

厥之有章，不必諄諄。依類託寓，喻以封巒。

披藝觀之，天人之際已交，上下相發，允荅聖王之德，兢兢翼翼。故曰於興必慮衰，安必思危。是以湯武至尊嚴，不失肅祇，舜在假典，顧省闕遺，此之謂也。

劇秦美新一首

楊子雲

諸吏中散大夫臣雄，稽首再拜，上封事皇帝陛下：臣雄經術淺薄，行能無異，數蒙渥恩，拔擢倫比，與群賢並，媿無以稱職。臣伏惟陛下以至聖之德，龍興登庸，欽明尚古，作民父母，爲天下主。執粹清之道，鏡照四海，聽聆風俗，博覽廣包，參天貳地，兼並神明，配五帝，冠三王，開闢以來，未之聞也。臣誠樂昭著新德，光之罔極，往時司馬相如作《封禪》一篇，以彰漢氏之休。臣常有顛眴病，恐一旦先犬馬

填溝壑，所懷不章，長恨黃泉，敢竭肝膽，寫腹心，作《劇秦美新》一篇，雖未究萬分之一，亦臣之極思也。臣雄稽首再拜以聞，曰：

權輿天地未袪，睢睢盱盱，或玄而萌，或黃而牙。玄黃剖判，上下相嘔。爰初生民，帝王始存。在乎混混茫茫之時，亹聞罕漫而不昭察，世莫得而云也。厥有云者：上罔顯於羲皇，中莫盛於唐虞，邇靡著於成周。仲尼不遭用，春秋困斯發。言神明所祚，兆民所託，罔不云道德仁義禮智。獨秦屈起西戎，邠荒岐雍之疆，因襄文宣靈之僭迹，立基孝公，茂惠文，奮昭莊，至政破縱擅衡，并吞六國，遂稱乎始皇。盛從鞅儀韋斯之邪政，馳騖起翦恬賁之用兵，剗滅古文，刮語燒書，弛禮崩樂，塗民耳目。遂欲流唐漂虞，滌殷蕩周，蕉除仲尼之篇籍，自勒功業，改制度軌量，咸稽之於秦紀。是以耆儒碩老，抱其書而遠遜；禮官博士，卷其舌而不談。來儀之鳥，肉角之獸，狙獷而不臻。甘露嘉醴，景曜浸潭之瑞潛；大茀經實，巨狄鬼信之妖發。神歇靈繹，海水群飛。二世而亡，何其劇與！帝王之道，兢兢乎不可離已。夫能貞而明之者窮祥瑞，回而昧之者極妖愆。上覽古在昔，有憑應而尚缺。焉壞徹而能全？故若古者稱堯舜，威侮者陷桀紂，況盡汛掃前聖數千載功業，專用己之私而能享祐者哉？

會漢祖龍騰豐沛，奮迅宛葉，自武關與項羽戮力咸陽，創業蜀漢，發迹三秦，尅項山東，而帝天下。擿秦政慘酷尤煩者，應時而蠲。如儒林、刑辟、歷紀、圖典之用稍增焉。秦餘制度，項氏爵號，雖違古而猶襲之。是以帝典闕而不補，王綱弛而未張，道極數殫，闇忽不還。

逮至大新受命，上帝還資，后土顧懷，玄符靈契，黃瑞涌出，滭浡沕潏，川流海渟，雲動風偃，霧集雨散，誕彌八圻，上陳天庭，震聲日景，炎光飛響，盈塞天淵之間，必有不可辭讓云爾。於是乃奉若天命，窮寵極崇，與天剖神符，地合靈契，創億兆，規萬世，奇偉倜儻譎詭，天祭地事。其異物殊怪，存乎五威將帥，班乎天下者，四十有八章。登假皇穹，鋪衍下土，非新家其疇離之。卓哉煌煌，真天子之表也。若夫白鳩丹烏，素魚斷蛇，方斯蔑矣。受命甚易，格來甚勤。昔帝纘皇，王纘帝，隨前踵古，或無為而治，或損益而亡。豈知新室委心積意，儲思垂務，旁作穆穆，明旦不

寐，勤勤懇懇者，非秦之爲與。夫不勤勤，則前人不當；不懇懇，則覺德不愷。是以發秘府，覽書林，遥集乎文雅之囿，翱翔乎禮樂之場，胤殷周之失業，紹唐虞之絶風，懿律嘉量，金科玉條，神卦靈兆，古文畢發，煥炳照曜，靡不宣臻。式軨軒旂旗以示之，揚和鸞肆夏以節之，施黼黻衮冕以昭之，正嫁娶送終以尊之，親九族淑賢以穆之。

夫改定神祇，上儀也。欽修百祀，咸秩也。明堂雍臺，壯觀也。九廟長壽，極孝也。制成六經，洪業也。北懷單于，廣德也。若復五爵，度三壤，經井田，免人役，方甫刑，匡馬法，恢崇祇庸爍德懿和之風，廣彼搢紳講習言諫箴誦之塗，振鷺之聲充庭，鴻鸞之黨漸階。俾前聖之緒，布濩流衍而不韞韣，郁郁乎煥哉！天人之事盛矣，鬼神之望允塞。群公先正，罔不夷儀；奸宄寇賊，罔不振威。紹少典之苗，著黃虞之裔。帝典闕者已補，王綱弛者已張，炳炳麟麟，豈不懿哉！厥被風濡化者，京師沈潛，甸内匝洽，侯衛厲揭，要荒濯沐，而術前典，巡四民，迄四嶽，增封泰山，禪梁父，斯受命者之典業也。

蓋受命日不暇給，或不受命，然猶有事矣。況堂堂有新，正丁厥時，崇嶽渟海通瀆之神，咸設壇場，望受命之臻焉。海外遐方，信延頸企踵；回面内嚮，喁喁如也。帝者雖勤，惡可以已乎。宜命賢哲作帝典一篇，舊三爲一，襲以示來人，摛之罔極。令萬世常戴巍巍，履栗栗，臭馨香，含甘實，鏡純粹之至精，聆清和之正聲，則百工伊凝，庶績咸喜。荷天衢，提地釐，斯天下之上則已，庶可試哉！

典引一首

班孟堅

臣固言：永平十七年，臣與賈逵、傅毅、杜矩、展隆、郗萌等，召詣雲龍門，小黃門趙宣持《秦始皇帝本紀》問臣等曰：『太史遷下贊語中，寧有非耶？』臣對：『此贊賈誼過秦篇云，向使子嬰有庸主之才，僅得中佐，秦之社稷未宜絶也。此言非是。』即召臣入，問：『本聞此論非耶？將見問意開寤耶？』臣具對素聞知狀。詔因曰：『司馬遷著書成一家之言，揚名後世，至以身陷刑之故，反微文刺譏，貶損當世，非誼士也。司馬相如洿行無節，但有浮華之辭，不周於用，至於疾病而遺忠，主上求取其書，竟得頌述功德，言封禪事，忠臣效也。至是賢遷遠矣。』臣固常伏刻

誦聖論，昭明好惡，不遺微細，緣事斷誼，動有規矩，雖仲尼之因史見意，亦無以加。臣固被學最舊，受恩浸深，誠思畢力竭情，昊天罔極！臣固頓首頓首。伏惟相如封禪，靡而不典；楊雄美新，典而亡實。然皆游揚後世，垂爲舊式。臣固才朽不及前人，蓋詠雲門者難爲音，觀隋和者難爲珍。不勝區區，竊作《典引》一篇，雖不足雍容明盛萬分之一，猶啓發憤滿，覺悟童蒙，光揚大漢，軼聲前代，然後退入溝壑，死而不朽。臣固愚戇，頓首頓首，曰：太極之元，兩儀始分，烟烟煴煴，有沈而奥，有浮而清。沈浮交錯，庶類混成。肇命民主，五德初始，同於草昧，玄混之中。逾繩越契，寂寥而亡詔者，系不得而綴也。厥有氏號，紹天闡繹，莫不開元於太昊皇初之首，上哉敻乎，其書猶得而修也。亞斯之代，通變神化，函光而未曜。

若夫上稽乾則，降承龍翼，而炳諸典謨，以冠德卓絕者，莫崇乎陶唐。陶唐舍胤而禪有虞，有虞亦命夏后，稷契熙載，越成湯武。股肱既周，天乃歸功元首，將授漢劉。俾其承三季之荒末，值亢龍之災孽，縣象闇而恒文乖，彝倫斁而舊章缺。故先命玄聖，使綴學立制，宏亮洪業，表相祖宗，贊揚迪喆，備哉粲爛，真神明之式也。雖皋夔衡旦密勿之輔，比兹褊矣。是以高光二聖，宸居其域，時至氣動，乃龍見淵躍。拊翼而未舉，則威靈紛紜，海内雲蒸，雷動電熛，胡縊莽分，尚不莅其誅。然後欽若上下，恭揖群后，正位度宗，有于德不台淵穆之讓，靡號師矢敦奮撝之容。蓋以膺當天之正統，受克讓之歸運，蓄炎上之烈精，蘊孔佐之弘陳云爾。

洋洋乎若德，帝者之上儀，誥誓所不及已。鋪觀二代洪纖之度，其賾可探也。並開迹於一匱，同受侯甸之服，奕世勤民，以方伯統牧。乘其命賜彤弧黄鉞之威，用討韋顧黎崇之不恪。至于參五華夏，京遷鎬亳，遂自北面，虎螭其師，革滅天邑。是故誼士華而不敦，武稱未盡，護有慙德，不其然歟？亦猶於穆猗那，翕純皦繹，以崇嚴祖考，殷薦宗配帝，發祥流慶，對越天地者，舄奕乎千載。豈不克自神明哉！誕略有常，審言行於篇籍，光藻朗而不渝耳。

矧夫赫赫聖漢，巍巍唐基，泝測其源，乃先孕虞育夏，甄殷陶周，然後宣二祖之重光，襲四宗之緝熙。神靈日照，光被六幽，仁風翔乎海表，威靈行乎鬼區，匿亡回而不泯，微胡瑣而不頤。故夫顯定三才昭登之績，匪堯不興，鋪聞遺策在下之

訓，匪漢不弘厥道。至於經緯乾坤，出入三光，外運渾元，內沾豪芒，性類循理，品物咸亨，其已久矣。

盛哉！皇家帝世，德臣列辟，功君百王，榮鏡宇宙，尊亡與亢。乃始虔鞏勞謙，兢兢業業，貶成抑定，不敢論制作。至令遷正黜色賓監之事，渙揚寓內，而禮官儒林屯用篤誨之士，不傳祖宗之髣髴，雖云優慎，無乃葸與！

於是三事嶽牧之寮，僉爾而進曰：陛下仰監唐典，中述祖則，俯蹈宗軌。躬奉天經，惇睦辨章之化洽。巡靖黎蒸，懷保鰥寡之惠浹。燔瘞縣沈，肅祇群神之禮備。是以來儀集羽族於觀魏，肉角馴毛宗於外囿，擾緇文皓質於郊，升黃輝采鱗於沼，甘露宵零於豐草，三足軒翥於茂樹。若乃嘉穀靈草，奇獸神禽，應圖合諜，窮祥極瑞者，朝夕坰牧，日月邦畿，卓犖乎方州，洋溢乎要荒。昔姬有素雉、朱烏、玄秬、黃麰之事耳，君臣動色，左右相趣，濟濟翼翼，峨峨如也。蓋用昭明寅畏，承聿懷之福。亦以寵靈文武，貽燕後昆，覆以懿鑠，豈其爲身而有顓辭也。若然受之，亦宜懃恁旅力，以充厥道，啓恭館之金縢，御東序之秘寶，以流其占。

夫圖書亮章，天哲也；孔猷先命，聖孚也；體行德本，正性也；逢吉丁辰，景命也。順命以創制，因定以和神，荅三靈之蕃祉，展放唐之明文，茲事體大，而允寤寐次於心。瞻前顧後，豈蔑清廟，憚勑天命也？伊考自遂古，乃降戾爰茲，作者七十有四人，有不俾而假素，罔光度而遺章，今其如台而獨闕也！

是時聖上固以垂精遊神，苞舉藝文，屢訪群儒，諭咨故老，與之斟酌道德之淵源，肴覈仁誼之林藪，以望元符之臻焉。既感群后之讜辭，又悉經五繇之碩慮矣。將絣萬嗣，揚洪輝，奮景炎，扇遺風，播芳烈，久而愈新，用而不竭，汪汪乎丕天之大律，其疇能亘之哉？唐哉皇哉，皇哉唐哉！

昭明文選卷四十九

【史論上】

公孫弘傳贊一首

班孟堅

贊曰：公孫弘卜式倪寬，皆以鴻漸之翼，困於燕雀，遠迹羊豕之間，非遇其時，焉能致此位乎？是時漢興六十餘載，海內乂安，府庫充實，而四夷未賓，制度多闕。上方欲用文武，求之如弗及，始以蒲輪迎枚生，見主父而歎息。群士慕嚮，異人並出，卜式拔於芻牧，弘羊擢於賈豎，衛青奮於奴僕，日磾出於降虜，斯亦曩時版築飯牛之明已。

漢之得人，於茲爲盛，儒雅則公孫弘、董仲舒、倪寬，篤行則石建、石慶，質直則汲黯、卜式，推賢則韓安國、鄭當時，定令則趙禹、張湯，文章則司馬遷、相如，滑稽則東方朔、枚皐，應對則嚴助、朱買臣，歷數則唐都、落下閎，協律則李延年，運籌則桑弘羊，奉使則張騫、蘇武，將帥則衛青、霍去病，受遺則霍光、金日磾，其餘不可勝紀。是以興造功業，制度遺文，後世莫及。

孝宣承統，纂修洪業，亦講論六藝，招選茂異，而蕭望之、梁丘賀、夏侯勝、韋玄成、嚴彭祖、尹更始以儒術進，劉向、王褒以文章顯，將相則張安世、趙充國、魏相、邴吉、于定國、杜延年，治民則黃霸、王成、龔遂、鄭弘、召信臣、韓延壽、尹翁歸、趙廣漢、嚴延年、張敞之屬，皆有功迹見述於後世。參其名臣，亦其次也。

晉紀論晉武帝革命一首

干令升

史臣曰：帝王之興，必俟天命，苟有代謝，非人事也。文質異時，興建不同，故古之有天下者，柏皇栗陸以前，爲而不有，應而不求，執大象也。鴻黃世及，以一民也。堯舜內禪，體文德也。漢魏外禪，順大名也。湯武革命，應天人也。高光爭伐，定功業也。各因其運而天下隨時，隨時之義大矣哉！古者敬其事則命以始，今帝王受命而用其終，豈人事乎？其天意乎？

晉紀總論一首

干令升

史臣曰：昔高祖宣皇帝以雄才碩量，應運而仕，值魏太祖創基之初，籌畫軍

國，嘉謀屢中，遂服輿軫，驅馳三世。性深阻有如城府，而能寬綽以容納，行任數以御物，而知人善采拔。故賢愚咸懷，小大畢力，爾乃取鄧艾於農隙，引州泰於行役，委以文武，各善其事。故能西禽孟達，東舉公孫淵，內夷曹爽，外襲王陵，神略獨斷，征伐四克。維御群后，大權在己。屢拒諸葛亮節制之兵，而東支吴人輔車之勢。世宗承基，太祖繼業，軍旅屢動，邊鄙無虧，於是百姓與能，大象始構矣。玄豐亂內，欽誕寇外，潛謀雖密，而在幾必兆。淮浦再擾，而許洛不震，咸黜異圖，用融前烈。然後推轂鍾、鄧，長驅庸蜀，三關電掃，劉禪入臣，天符人事，於是信矣。始當非常之禮，終受備物之錫，名器崇於周公，權制嚴於伊尹。至於世祖，遂享皇極。正位居體，重言慎法，仁以厚下，儉以足用，和而不弛，寬而能斷。故民詠惟新，四海悅勸矣。聿修祖宗之志，思輯戰國之苦，腹心不同，公卿異議，而獨納羊祜之策，以從善爲衆。故至於咸寧之末，遂排群議而杖王杜之決，汎舟三峽，介馬桂陽，役不二時，江湘來同。夷吴蜀之壘垣，通二方之險塞，掩唐虞之舊域，班正朔於八荒。太康之中，天下書同文，車同軌。牛馬被野，餘糧棲畝，行旅草舍，外閭不閉。民相遇者如親，其匱乏者，取資於道路，故于時有天下無窮人之諺。雖太平未洽，亦足以明吏奉其法，民樂其生，百代之一時矣。

武皇既崩，山陵未乾，楊駿被誅，母后廢黜，朝士舊臣，夷滅者數十族。尋以二公楚王之變，宗子無維城之助，而閼伯實沈之郤歲構；師尹無具瞻之貴，而顛墜戮辱之禍日有。至乃易天子以太上之號，而有免官之謠，民不見德，唯亂是聞，朝爲伊周，夕爲桀跖，善惡陷於成敗，毀譽脅於勢利。於是輕薄干紀之士，役奸智以投之，如夜蟲之赴火。內外混淆，庶官失才，名實反錯，天網解紐。國政迭移於亂人，禁兵外散於四方，方岳無鈞石之鎮，關門無結草之固。李辰、石冰，傾之於荊揚，劉淵、王彌，撓之於青冀，二十餘年而河洛爲墟。戎羯稱制，二帝失尊，山陵無所。何哉？樹立失權，託付非才，四維不張，而苟且之政多也。夫作法於治，其弊猶亂；作法於亂，誰能救之？故于時天下非暫弱也，軍旅非無素也。彼劉淵者，離石之將兵都尉；王彌者，青州之散吏也。蓋皆弓馬之士，驅走之人，凡庸之才，非有吴先主諸葛孔明之能也。新起之寇，烏合之衆，非吴蜀之敵也。脫耒爲兵，裂裳爲

旗，非戰國之器也。自下逆上，非鄰國之勢也。然而成敗異效，擾天下如驅群羊，舉二都如拾遺。將相侯王，連頭受戮，乞爲奴僕而猶不獲。后嬪妃主，虜辱於戎卒，豈不哀哉！夫天下，大器也；群生，重畜也。愛惡相攻，利害相奪，其勢常也；若積水于防，燎火於原，未嘗暫靜也。器大者不可以小道治，勢動者不可以争競擾，古先哲王知其然也。是以扞其大患而不有其功，禦其大災而不尸其利。百姓皆知上德之生己，而不謂浚己以生也。是以感而應之，悅而歸之，如晨風之鬱北林，龍魚之趣淵澤也。順乎天而享其運，應乎人而和其義，然後設禮文以治之，斷刑罰以威之，謹好惡以示之，審禍福以喻之，求明察以官之，篤慈愛以固之，故衆知向方，皆樂其生而哀其死，悅其教而安其俗，君子勤禮，小人盡力，廉恥篤於家閭，邪僻銷於胸懷。故其民有見危以授命，而不求生以害義，又況可奮臂大呼，聚之以干紀作亂之事乎？基廣則難傾，根深則難拔，理節則不亂，膠結則不遷。是以昔之有天下者，所以長久也。夫豈無僻主，賴道德典刑以維持之也。故延陵季子聽樂以知諸侯存亡之數，短長之期者，蓋民情風教，國家安危之本也。

昔周之興也，后稷生於姜嫄，而天命昭顯，文武之功，起於后稷。故其《詩》曰：『思文后稷，克配彼天。』又曰：『立我蒸民，莫匪爾極。』又曰：『實穎實栗，即有邰家室。』至于公劉遭狄人之亂，去邰之豳，身服厥勞。故其《詩》曰：『乃裹餱糧，于橐于囊。』『陟則在巘，復降在原，以處其民。』以至于太王爲戎翟所逼，而不忍百姓之命，杖策而去之。故其《詩》曰：『來朝走馬，帥西水滸，至于岐下。』周民從而思之，曰：『仁人不可失也。』故從之如歸市。居之一年成邑，二年成都，三年五倍其初。每勞來而安集之。故其《詩》曰：『乃慰乃止，乃左乃右，乃疆乃理，乃宣乃畝。』以至于王季，能貊其德音。故其《詩》曰：『克明克類，克長克君，載錫之光。』至于文王，備修舊德，而惟新其命。故其《詩》曰：『惟此文王，小心翼翼，昭事上帝，聿懷多福。』由此觀之，周家世積忠厚，仁及草木，内睦九族，外尊事黃耇，養老乞言，以成其福禄者也。而其妃后躬行四教，尊敬師傅，服澣濯之衣，脩煩辱之事，化天下以婦道。故其《詩》曰：『刑于寡妻，至于兄弟，以御于家邦。』是以漢濱之女，守絜白之志；中林之士，有純一之德。故曰：『文武自天保以上治内，采薇

以下治外，始於憂勤，終於逸樂。』於是天下三分有二，猶以服事殷，諸侯不期而會者八百，猶曰天命未至。以三聖之智，伐獨夫之紂，猶正其名教曰『逆取順守，保大定功，安民和衆』。猶著大武之容曰『未盡善也』。及周公遭變，陳后稷先公風化之所由，致王業之艱難者，則皆農夫女工衣食之事也。故自后稷之始基靜民，十五王而文始平之，十六王而武始居之，十八王而康克安之，故其積基樹本，經緯禮俗，節理人情，恤隱民事，如此之纏緜也。爰及上代，雖文質異時，功業不同，及其安民立政者，其揆一也。

今晉之興也，功烈於百王，事捷於三代，蓋有爲以爲之矣。宣景遭多難之時，務伐英雄，誅庶桀以便事，不及脩公劉太王之仁也。受遺輔政，屢遇廢置，故齊王不明，不獲思庸於亳；高貴沖人，不得復子明辟；二祖逼禪代之期，不暇待叄分八百之會也。是其創基立本，異於先代者也。又加之以朝寡純德之士，鄉乏不二之老。風俗淫僻，恥尚失所，學者以莊老爲宗，而黜六經，談者以虛薄爲辯，而賤名儉，行身者以放濁爲通，而狹節信，進仕者以苟得爲貴，而鄙居正，當官者以望空爲高，而笑勤恪。是以目三公以蕭杌之稱，標上議以虛談之名，劉頌屢言治道，傅咸每糾邪正，皆謂之俗吏。其倚杖虛曠，依阿無心者，皆名重海內。若夫文王日昃不暇食，仲山甫夙夜匪懈者，蓋共嗤點以爲灰塵，而相詬病矣。由是毀譽亂於善惡之實，情慝奔於貨慾之塗，選者爲人擇官，官者爲身擇利。而秉鈞當軸之士，身兼官以十數。大極其尊，小録其要，機事之失，十恒八九。而世族貴戚之子弟，陵邁超越，不拘資次，悠悠風塵，皆奔競之士，列官千百，無讓賢之舉。子真著崇讓而莫之省，子雅制九班而不得用，長虞數直筆而不能糾。其婦女莊櫛織紝，皆取成於婢僕，未嘗知女工絲枲之業，中饋酒食之事也。先時而婚，任情而動，故皆不恥淫逸之過，不拘妒忌之惡。有逆于舅姑，有反易剛柔，有殺戮妾媵，有黷亂上下，父兄弗之罪也，天下莫之非也。又況責之聞四教於古，修貞順於今，以輔佐君子者哉！禮法刑政，於此大壞，如室斯構而去其鑿契，如水斯積而決其隄防，如火斯畜而離其薪燎也。國之將亡，本必先顛，其此之謂乎！

故觀阮籍之行，而覺禮教崩弛之所由；察庾純、賈充之事，而見師尹之多僻。

考平吳之功，知將帥之不讓；思郭欽之謀，而悟戎狄之有釁。覽傅玄、劉毅之言，而得百官之邪；核傅咸之奏，《錢神》之論，而覩寵賂之彰。民風國勢如此，雖以中庸之才，守文之主治之，辛有必見之於祭祀，季札必得之於聲樂，范燮必爲之請死，賈誼必爲之痛哭。又況我惠帝以蕩蕩之德臨之哉！故賈后肆虐於六宮，韓午助亂於外內，其所由來者漸矣，豈特繫一婦人之惡乎？懷帝承亂之後得位，羈於彊臣。愍帝奔播之後，徒厠其虛名。天下之政，既已去矣，非命世之雄，不能取之矣。然懷帝初載，嘉禾生於南昌。望氣者又云豫章有天子氣。及國家多難，宗室迭興，以愍懷之正，淮南之壯，成都之功，長沙之權，皆卒於傾覆。而懷帝以豫章王登天位，劉向之讖云，滅亡之後，有少如水名者得之，起事者據秦川，西南乃得其朋。案愍帝，蓋秦王之子也，得位於長安，長安，固秦地也，而西以南陽王爲右丞相，東以琅邪王爲左丞相。上諱業，故改鄴爲臨漳。漳，水名也。由此推之，亦有徵祥，而皇極不建，禍辱及身。豈上帝臨我而貳其心，將由人能弘道，非道弘人者乎？淳耀之烈未渝，故大命重集于中宗元皇帝。

後漢書皇后紀論一首

范蔚宗

夏殷以上，后妃之制，其文略矣。《周禮》，王者立后，三夫人，九嬪，二十七世婦，八十一女御，以備內職焉。后正位宮闈，同體天王。夫人坐論婦禮，九嬪掌教四德，世婦主知喪祭賓客，女御序于王之燕寢。頒官分務，各有典司。女史彤管，記功書過。居有保阿之訓，動有環珮之響。進賢才以輔佐君子，哀窈窕而不淫其色。所以能述宣陰化，脩成內則，閨房肅雍，險謁不行者也。故康王晚朝，《關雎》作諷；宣后晏起，姜氏請諐。及周室東遷，禮序凋缺。諸侯僭縱，軌制無章。齊桓有如夫人者六人，晉獻升戎女爲元妃，終於五子作亂，冢嗣遘屯。爰逮戰國，風憲愈薄，適情任欲，顛倒衣裳，以至破國亡身，不可勝數。斯固輕禮弛防，先色後德者也。

秦并天下，多自驕大，宮備七國，爵列八品。漢興，因循其號，而婦制莫釐。高祖帷薄不修，孝文衽席無辨。然而選納尚簡，飾翫華少。自武元之後，世增淫費，至乃掖庭三千，增級十四。妖倖毀政之符，外姻亂邦之迹，前史載之詳矣。

及光武中興，斲雕爲朴，六宮稱號，惟皇后貴人，金印紫綬，俸不過粟數十斛。

又置美人宮人采女三等，並無爵秩，歲時賞賜充給而已。漢法常因八月筭民，遣中大夫與掖庭丞及相工，於洛陽鄉中閱視良家童女，年十三以上，二十以下，姿色端麗，合法相者，載還後宮，擇視可否，乃用登御。所以明慎聘納，詳求淑哲。明帝聿遵先旨，宮教頗修，登建嬪后，必先令德，內無出閫之言，權無私溺之授，可謂矯其弊矣。向使因設外戚之禁，編著甲令，改正后妃之制，貽厥方來，豈不休哉！雖御己有度，而防閑未篤，故孝章以下，漸用色授，恩隆好合，遂忘淄蠹。

自古雖主幼時艱，王家多釁，委成冢宰，簡求忠貞，未有專任婦人，斷割重器。唯秦芊太后始攝政事，故穰侯權重於昭王，家富於嬴國。漢仍其謬，知患莫改。東京皇統屢絕，權歸女主，外立者四帝，臨朝者六后，莫不定策帷帟，委事父兄，貪孩童以久其政，抑明賢以專其威，任重道悠，利深禍速，身犯霧露於雲臺之上，家嬰縲絏於圄犴之下。湮滅連踵，傾輈繼路。而赴蹈不息，燋爛爲期，終於陵夷大運，淪亡神寶。詩書所歎，略同一揆。故考列行迹，以爲皇后本紀。雖成敗事異，而同居正號者，並列于篇。其以恩私追尊，非當世所奉者，則隨他事附出。親屬別事，各依列傳。其餘無所見，則係之此紀，以纘西京外戚云爾。

昭明文選卷五十

【史論下】

後漢書二十八將傳論一首　范蔚宗

論曰：中興二十八將，前世以爲上應二十八宿，未之詳也。然咸能感會風雲，奮其智勇，稱爲佐命，亦各志能之士也。

議者多非光武不以功臣任職，至使英姿茂績，委而勿用。然原夫深圖遠筭，固將有以爲爾。若乃王道既衰，降及霸德，猶能授受惟庸，勳賢兼序，如管隰之迭升桓世，先趙之同列文朝，可謂兼通矣。降自秦漢，世資戰力，至於翼扶王室，皆武人屈起。亦有鬻繒盜狗輕猾之徒，或崇以連城之賞，或任以阿衡之地，故勢疑則隙生，力侔則亂起。蕭樊且猶縲紲，信越終見葅戮，不其然乎！自兹以降，訖于孝武，宰輔五世，莫非公侯。遂使縉紳道塞，賢能蔽壅，朝有世及之私，下多抱關之怨。其懷道無聞，委身草莽者，亦何可勝言。故光武鑒前事之違，存矯枉之志，雖寇鄧之高勳，耿賈之鴻烈，分土不過大縣數四，所加特進朝請而已。觀其治平臨政，課職責咎，將所謂導之以法，齊之以刑者乎！

若格之功臣，其傷已甚。何者？直繩則虧喪恩舊，撓情則違廢禁典，選德則功不必厚，舉勞則人或未賢，參任則群心難塞，並列則其弊未遠。不得不校其勝否，即事相權。故高秩厚禮，允荅元功，峻文深憲，責成吏職。建武之世，侯者百數，若夫數公者，則與參國議，分均休咎，其餘並優以寬科，完其封禄，莫不終以功名，延慶于後。昔留侯以爲高祖悉用蕭曹故人，郭伋亦議南陽多顯，鄭興又戒功臣專任。夫崇恩偏授，易啓私溺之失，至公均被，必廣招賢之路，意者不其然乎！

永平中，顯宗追感前世功臣，乃圖畫二十八將於南宮雲臺，其外又有王常李通竇融卓茂，合三十二人。故依本第，係之篇末，以志功次云爾。

宦者傳論一首　范蔚宗

《易》曰：『天垂象，聖人則之。』宦者四星，在皇位之側，故周禮置官，亦備其數。閽者守中門之禁，寺人掌女宮之戒。又云：『王之正内者五人。』《月令》：『仲

冬，閹尹審門閭，謹房室。』《詩》之小雅，亦有巷伯刺讒之篇。然宦人之在王朝者，其來舊矣。將以其體非全氣，情志專良，通關中人，易以役養乎？然而後世因之，才任稍廣。其能者，則勃貂、管蘇有功於楚晉，景監、繆賢著庸於秦趙。及其弊也，豎刁亂齊，伊戾禍宋。

漢興，仍襲秦制，置中常侍官。然亦引用士人，以參其選，皆銀璫左貂，給事殿省。及高后稱制，乃以張卿爲大謁者，出入卧內，受宣詔令。文帝時，有趙談北宮伯子，頗見親幸。至於孝武，亦愛李延年。帝數宴後庭，或潛遊離館，故請奏機事，多以宦人主之。元帝之世，史游爲黃門令，勤心納忠，有所補益。其後弘恭石顯以佞險自進，卒有蕭周之禍，損穢帝德焉。

中興之初，宦官悉用閹人，不復雜調他士。至永平中，始置員數，中常侍四人，小黃門十人。和帝即祚幼弱，而竇憲兄弟專總權威，內外臣僚，莫由親接，所與居者，惟閹官而已。故鄭衆得專謀禁中，終除大憝，遂享分土之封，超登宮卿之位。於是中官始盛焉。

自明帝以後，迄乎延平，委用漸大，而其資稍增，中常侍至有十人，小黃門亦二十人，改以金璫右貂，兼領卿署之職。鄧后以女主臨政，而萬機殷遠，朝臣圖議，無由參斷帷幄，稱制下令，不出房闈之間，不得不委用刑人，寄之國命。手握王爵，口含天憲，非復掖庭永巷之職，閨牖房闈之任也。其後孫程定立順之功，曹騰參建桓之策，續以五侯合謀，梁冀受鉞，迹因公正，恩固主心，故中外服從，上下屏氣。或稱伊霍之勳，無謝於往載；或謂良平之畫，復興於當今。雖時有忠公，而競見排斥。舉動迴山海，呼吸變霜露。阿旨曲求，則寵光三族；直情忤意，則參夷五宗。漢之綱紀大亂矣。

若夫高冠長劍，紆朱懷金者，布滿宮闈；苴茅分虎，南面臣民者，蓋以十數。府署第館，基列於都鄙；子弟支附，過半於州國。南金、和寶、冰紈、霧縠之積，盈牣珍藏；嬙媛、侍兒、歌童、舞女之翫，充備綺室。狗馬飾彫文，土木被緹繡。皆剝割萌黎，競恣奢欲。構害明賢，專樹黨類。其有更相援引，希附權彊者，皆腐身熏子，以自衒達。同弊相濟，故其徒有繁，敗國蠹政之事，不可殫書。所以海內嗟毒，

志士窮棲，寇劇緣間，搖亂區夏。雖忠良懷憤，時或奮發，而言出禍從，旋見孥戮。因復大考鉤黨，轉相誣染。凡稱善士，莫不罹被災毒。竇武何進，位崇戚近，乘九服之嚻怨，協群英之勢力，而以疑留不斷，至於殄敗。斯亦運之極乎！雖袁紹龔行，芟夷無餘，然以暴易亂，亦何云及！自曹騰說梁冀，竟立昏弱。魏武因之，遂遷龜鼎。所謂『君以此始，必以此終』，信乎其然矣！

逸民傳論一首

范蔚宗

《易》稱『遯之時義大矣哉』。又曰：『不事王侯，高尚其事。』是以堯稱則天，而不屈潁陽之高；武盡美矣，終全孤竹之絜。自兹以降，風流彌繁，長往之軌未殊，而感致之數匪一。或隱居以求其志，或迴避以全其道，或靜己以鎮其躁，或去危以圖其安，或垢俗以動其概，或疵物以激其清。然觀其甘心畎畝之中，憔悴江海之上，豈必親魚鳥樂林草哉，亦云介性所至而已。故蒙耻之賓，屢黜不去其國；蹈海之節，千乘莫移其情。適使矯易去就，則不能相爲矣。彼雖硜硜有類沽名者，然而蟬蛻嚻埃之中，自致寰區之外，異夫飾智巧以逐浮利者乎！荀卿有言曰『志意修則驕富貴，道義重則輕王公』也。

漢室中微，王莽篡位，士之蘊藉義憤甚矣。是時裂冠毀冕，相攜持而去之者，蓋不可勝數。揚雄曰：『鴻飛冥冥，弋人何篡焉。』言其違患之遠也。光武側席幽人，求之若不及，旌帛蒲車之所徵賁，相望於巖中矣。若薛方逢萌，聘而不肯至，嚴光周黨王霸至而不能屈。群方咸遂，志士懷仁，斯固所謂舉逸人則天下歸心者乎？肅宗亦禮鄭均而徵高鳳，以成其節。自後帝德稍衰，邪孽當朝，處子耿介，與卿相等列，至乃抗憤而不顧，多失其中行焉。蓋録其絕塵不及，同夫作者，列之此篇。

宋書謝靈運傳論一首

沈休文

史臣曰：民稟天地之靈，含五常之德，剛柔迭用，喜慍分情。夫志動於中，則歌詠外發，六義所因，四始攸繫，升降謳謠，紛披風什。雖虞夏以前，遺文不覩，稟氣懷靈，理或無異。然則歌詠所興，宜自生民始也。

周室既衰，風流彌著，屈平、宋玉導清源於前，賈誼、相如振芳塵於後，英辭潤

金石，高義薄雲天。自茲以降，情志愈廣。王褒劉向楊班崔蔡之徒，異軌同奔，遞相師祖。雖清辭麗曲，時發乎篇，而蕪音累氣，固亦多矣。若夫平子艷發，文以情變，絕唱高蹤，久無嗣響。至于建安，曹氏基命，三祖陳王，咸蓄盛藻，甫乃以情緯文，以文被質。

自漢至魏，四百餘年，辭人才子，文體三變。相如工爲形似之言，二班長於情理之說，子建仲宣以氣質爲體。並摽能擅美，獨映當時。是以一世之士，各相慕習，源其飇流所始，莫不同祖風騷。徒以賞好異情，故意製相詭。

降及元康，潘陸特秀，律異班賈，體變曹王，縟旨星稠，繁文綺合。綴平臺之逸響，采南皮之高韻，遺風餘烈，事極江右。在晉中興，玄風獨扇，爲學窮於柱下，博物止乎七篇。馳騁文辭，義殫乎此。自建武暨于義熙，歷載將百，雖比響聯辭，波屬雲委，莫不寄言上德，託意玄珠，遒麗之辭，無聞焉爾。仲文始革孫許之風，叔源大變太元之氣。

爰逮宋氏，顏謝騰聲，靈運之興會摽舉，延年之體裁明密，並方軌前秀，垂範後昆。若夫敷衽論心，商搉前藻，工拙之數，如有可言。夫五色相宣，八音協暢，由乎玄黃律呂，各適物宜。欲使宮羽相變，低昂舛節，若前有浮聲，則後須切響。一簡之內，音韻盡殊；兩句之中，輕重悉異。妙達此旨，始可言文。至於先士茂製，諷高歷賞，子建函京之作，仲宣灞岸之篇，子荊零雨之章，正長朔風之句，並直舉胸情，非傍詩史，正以音律調韻，取高前式。自靈均以來，多歷年代，雖文體稍精，而此秘未覩。至於高言妙句，音韻天成，皆暗與理合，匪由思至。張蔡曹王，曾無先覺，潘陸顏謝，去之彌遠。世之知音者，有以得之，此言非謬。如曰不然，請待來哲。

恩倖傳論一首　沈休文

夫君子小人，類物之通稱。蹈道則爲君子，違之則爲小人。屠釣，卑事也；板築，賤役也。太公起爲周師，傅說去爲殷相。非論公侯之世，鼎食之資，明敭幽仄，唯才是與。

逮于二漢，茲道未革，胡廣累世農夫，伯始致位公相；黃憲牛醫之子，叔度名

動京師。且士子居朝，咸有職業，雖七葉珥貂，見崇西漢，而侍中身奉奏事，又分掌御服，東方朔爲黃門侍郎，執戟殿下。郡縣掾吏，並出豪家，負戈宿衛，皆由勢族，非若晚代分爲二塗者也。

漢末喪亂，魏武始基。軍中倉卒，權立九品，蓋以論人才優劣，非謂世族高卑。因此相沿，遂爲成法。自魏至晉，莫之能改，州都郡正，以才品人，而舉世人才，升降蓋寡。徒以憑籍世資，用相陵駕，都正俗士，斟酌時宜，品目少多，隨事俯仰，劉毅所云『下品無高門，上品無賤族』者也。歲月遷訛，斯風漸篤，凡厥衣冠，莫非二品，自此以還，遂成卑庶。周漢之道，以智役愚，臺隸參差，用成等級。魏晉以來，以貴役賤，士庶之科，較然有辨。夫人君南面，九重奧絕，陪奉朝夕，義隔卿士，堦闥之任，宜有司存。既而恩以狎生，信由恩固，無可憚之姿，有易親之色。孝建泰始，主威獨運，空置百司，權不外假，而刑政糾雜，理難遍通，耳目所寄，事歸近習。賞罰之要，是謂國權，出納王命，由其掌握，於是方塗結軌，輻湊同奔。人主謂其身卑位薄，以爲權不得重。曾不知鼠憑社貴，狐藉虎威，外無逼主之嫌，內有專用之功，

勢傾天下，未之或悟，挾朋樹黨，政以賄成，鈇鉞瘡痏，構於牀第之曲，服冕乘軒，出於言笑之下，南金北毳，來悉方艚，素縑丹魄，至皆兼兩，西京許史，蓋不足云，晉朝王石，未或能比。及太宗晚運，慮經盛衰，權倖之徒，慴憚宗戚，欲使幼主孤立，永竊國權。構造同異，興樹禍隙，帝弟宗王，相繼屠剿。民忘宋德，雖非一塗，寶祚夙傾，實由於此。嗚呼！《漢書》有《恩澤侯表》，又有《佞倖傳》。今采其名，列以爲《恩倖》篇云。

【史述贊】

史述贊三首

班孟堅

述高紀第一

皇矣漢祖，纂堯之緒。寔天生德，聰明神武。秦人不綱，網漏于楚。爰茲發迹，斷蛇奮旅。神母告符，朱旗乃舉。粵蹈秦郊，嬰來稽首。革命創制，三章是紀。應天順民，五星同晷。項氏畔換，黜我巴漢，西土宅心，戰士憤怨。乘釁而運，席卷三秦。割據河山，保此懷民。股肱蕭曹，社稷是經。爪牙信布，腹心良平，恭行天罰，

赫赫明明。

述成紀第十

孝成皇皇，臨朝有光。威儀之盛，如珪如璋。閫闈恣趙，朝政在王。炎炎燎火，光允不陽。

述韓英彭盧吳傳第四

信惟餓隸，布實黥徒。越亦狗盜，芮尹江湖。雲起龍驤，化爲侯王。割有齊楚，跨制淮梁。綰自同閈，鎮我北疆。德薄位尊，非祚惟殃。吳克忠信，胤嗣乃長。

後漢書光武紀贊一首

范蔚宗

贊曰：炎政中微，大盜移國。九縣飆迴，三精霧塞。民厭淫詐，神思反德。世祖誕命，靈貺自甄。沈機先物，深略緯文。尋邑百萬，貔虎爲群。長轂雷野，高旗彗雲。英威既振，新都自焚。虔劉庸代，紛紜梁趙。三河未澄，四關重擾。神旌乃顧，遞行天討。金湯失險，車書共道。靈慶既啓，人謀咸贊。明明廟謀，赳赳雄斷。於赫有命，系我皇漢。